大雅

为一种品格注脚

沃尔科特系列

阿肯色证言

[圣卢西亚] 德里克·沃尔科特 著

杨铁军 译

广西人民出版社

给谢默斯·希尼

目　录

此　处

别 处

此处

灯　塔

一

面朝我们小镇的那座山
躺在他那摄影师的罩布下，
转动着落日对焦，一拉快门线——
全部的街灯一闪而亮。

五十年后，我稀里哗啦地
翻动着他的明信片集：
灯塔，出没于汹涌大海的
那些单桅帆船的剪影。

卡斯特里①上空的星星，
每颗都穿透出一个相同的孔；
映射一本童书里未被
连线的点，我用一盏盏

路灯将它们相连，一直延伸至

① 卡斯特里（Castries），圣卢西亚的首都，沃尔科特的出生之地。

拉普拉斯[1]。夜晚与我并肩
踱步，嘴里散发着白朗姆酒气，
用葬礼的步幅把小城延长。

市场的弧光灯下，一群人
质问演讲者。一张脸
狠盯我，而后松开它斜视的螺丝。
纷纷嚷嚷。这纯属自撸的

闹剧太老套！夜光表[2]的
分针以海岬为轴转动，
被黑色的海葡萄飘摇的灯芯[3]
卡顿片刻，继续往前，

终止于新耶路撒冷酒吧。
我叫了一瓶老橡木朗姆酒。
如今，人群趋附的是另一个明星，
而他仍用土话说着陈旧的笑话，

一边半眯眼睛拧开瓶塞，
咕咕噜噜地模仿着政客的
长篇大论。他话音没落，

---

① 拉普拉斯（La Place），卡斯特里的一个市场。
② 这里指的应该是月亮。
③ 海葡萄成簇生长，状如灯芯。

我便笑得直不起腰。以往，

他眉毛一弯便能把疯狂的
粉丝煽动起来。如今，喧嚷
是献给演讲者的。角落里，
一堆黑皮肤的手推洗多米诺牌。

用潮湿的手擦潮湿的眼睛，
双倍朗姆下肚，烦心的回忆
纷至沓来，让人痛苦不堪，
我俩在黑暗的街衢分道扬镳。

我，去了漆黑的维吉海岬①，
那些闪烁的小点，散落于海岬的
别墅之间。他撒一泡醉醺醺的
尿，倒头便睡。一枚满月

从道路尽头款款升起，
用闪烁的鳞片之币铸造海港。
一枚硬币自从掷到头顶，
便卡住不动，不正也不反。

道路在其朗照下如一截
底片显影，显示我漫步其上的

① 维吉海岬（Vigie），位于卡斯特里。

往日情景；我对着那尊零，
朗诵一切我信仰的东西。

机场边，隔着昏黑墓碑，
天使的光线转动它白色的
长矛。盖着披肩的海浪
展开蕾丝的圣坛台布。

路边灌木后传来一个姑娘的
笑声。一座亮灯的棚屋。你的
煤油灯，菲洛墨拉①，被一本
《圣经》薄薄的布纹纸围拢。

永恒的月光洒在那些
墓碑上；草叶的折刀在
属于我们的伤痕累累的桌上
刻写别人姓名的首字母。

但他，迷失在邮局里的
可爱演员，被剥夺了一切！
一位肤浅的、按照剧本编排
亦步亦趋的人物。

---

① 菲洛墨拉（Philomene），原本是希腊神话中的人物，被姐夫色雷斯国王忒柔斯强奸、割舌，她的姐姐普罗克涅杀死与忒柔斯生的孩子，带菲洛墨拉逃亡，菲洛墨拉在绝望中被天神化为燕子。

除了一次国外旅行，
固守此地五十年。五十。
他与岛屿一起移动，灯塔的
桨叶伸入海面。

因此，当街灯回应我们
围成一圈的孩子散开时，那枚
从云端掷下的月亮，是否
一个赌徒碗里的骰子，

为了让孩子在拥挤的床上
做白日梦，将他打发回家？
今晚，我嘲笑这内省之声，
而非眼窝深陷、华发已生的头。

那么，有没有什么图案，
把星星的多米诺牌点
和那帮赌徒手上一把直立的
黑方板，连接起来？

房间的空调要把我冻死了。
滴答滴水。托架上的嗡嗡声
排斥你，菲洛墨拉，还有煤炉里
飞溅的火星。家庭的热气。

嗡嗡的噪音刚停，便轮到

呼啸的海浪，或狂暴的棕榈，
嘶声说：“你也有失去的东西。够了。
你不可能把它们全搂在怀里。

“为了给诗艺注入更多关怀，
跪下吧，为了沙滩的月光床单。
为了山坡，它们漠视月亮的
诅咒，总是开着窗睡觉。

“睡吧，睡吧。明天再去担心
有什么意料不到的会降临。”
我睡不着，抹平一切的刀刃
从那些熟识的脸庞闪过。

我们过去住过的那座房子，
它藤蔓缠绕的游廊已经消失，
现在成了印刷社；柱子上
不会再有哪怕一片叶子蜷缩。

二

早晨。日影斑驳。红门。
水管下，是开裂的盥洗盆。
黄铜龙头里流出的水
拧成一股白鞭。院子里，

年轻的拉斯塔法里信徒[1]斜倚。
一只安全感爆棚的公鸡在太阳下
昂视阔步。一块红绿黄的木板
如此打鸣：*人就是巴比伦*。

中午，孩子们尖叫着跑出
学校，涌入一条蜿蜒的街道。
有的跌倒。有的会选择一条
从洋铁地狱里出来的直路。

面包树叶的风筝从我脑海
干燥的庭院刮起，那么遥远，
远得好像一个男孩的童年
迎风爬升，噼啪乱响。

这时，一阵微风吹皱大海，
面包树的表皮变得昏暗，
随着一月份的推移，明亮了
面朝拉托克海湾[2]的港口。

---

① 拉斯塔法里运动（Rastafari）起源于20世纪30年代的牙买加，是一种宗教性质的社会运动，带有基督教化的泛非主义色彩。信徒梳脏辫、听雷鬼乐，反对英国殖民主义，把西方社会视为腐朽堕落的巴比伦。

② 拉托克海湾（La Toc），位于卡斯特里西边。

三

灯塔之魂将整天沉睡，
像一个演员。一首歌系好
帆索。一艘白船把其他人
运到他们所属的地方，

而我看着一只低飞的海鸥追赶
自己的呼叫，像拉普拉斯卖明信片的
独木舟上吱吱嘎嘎的桨架，
我连好的点即是从那儿起始的，

一个小贩笑着说：“五十岁？
那您对家乡的爱比小青年要深！”
她那稀薄、不可反驳的真理，
像大白天升起的一轮满月。

科德赛峡谷[①]

一

投在山腰小店
墙板大小的晨曦
给这些诗行以
高跷的形状。

如果我的手艺
得到神佑；如果
这只手准确、诚实
堪比木匠之手，

每个框架的榫合，
都对准预设的角度，
回应这座未上漆的木头
所完成的构建，

① 科德赛峡谷（Cul de Sac Valley），科德赛河从南向北向西，流到卡斯特里，注入科德赛海湾。科德赛的本意是“街角”，或者“死角”的意思。

恰如辅音被我的
刨子推卷出来，发出
克里奥尔语[1]的香味，
显出本土的纹路；

然后从刨床掉落，
蜷缩在我的脚边，
一堆C和R，有着
法语或西非词根，

来自一种堆挤的
方言，它的叶片尚未
被阅读，仍轻躺在
其故国之路的舌头上；

涌向一些
未上漆的松木斜角板
撑开的麻绳
所标定的束缚内，

如幽咽的页岩，
呼气的林子用树木的
气味来更新记忆：

---

① 克里奥尔语（Creole），一种混杂了本地土语的法语。

独木舟木，原木[1]，

并嘶声说：你要的
东西，我们这里没有，
你的词来自英语，
那是一棵不同的树。

二

小溪里，鹅卵石
发出轻颤的软腭音，
峡谷中，一条杂种狗，
吠叫的黑色元音，

吐出渐弱的椭圆；
一座红色的铁桥旁
几个修理工，用铁锹刮去
咕嘟嘟冒泡的沥青，

每一刺耳的刮擦
都达到了如此高度
是他们可以言说，
却无法写下的语言。

---

① 此处原文是克里奥尔语。

好像可见的灵魂
所丢失的观念
在文盲的土地之上
仍可在此照亮，

一股垂直的蓝烟
从焦黑的林间
那黄褐色的伤疤高高
升起，纹理清晰。

结痂的云裂开了，
好像面包心，裹着
熏黑的、无花果之叶
在黏土灶里烤着。

在集雨桶里，水
失去涟漪，俨如玻璃；
一棵青柠树之女
在里面研究她的脸。

树苗发枝为女孩，
从院子里，咚咚咚地
抢到了楼上，进入这节
诗行。这时，她母亲

正在用梳子打理她

绑在脑后的头发，眼泪
填满她的眼窝，一面
镜子的泪；母亲发觉了，

说："让耶和华仰脸[①]，
所有的峡谷都将闪闪
发光。"她轻盈的双手
扎着小溪的辫子。

在沥青的黑色平面上
潦草的粉笔花，
以及木槿花铃铛，
告诉她说她迟到了，

因为浪在枝条间
涌起，好像政府的
学校里，一大片
蓝白色长椅的鱼群，

诵读这样的语言，
在黑板上，像路面
翻起耀眼的书页，
让她一时目眩，

---

① 耶和华仰脸（His countenance），见《圣经·民数记》（6：26）："愿耶和华向你仰脸，赐你平安。"（和合本）

只能慢慢地沿着
一条宛如舌头似的
被森林吞没的红色小路，
走向一种内心的沉默。

三

中午。干燥的蝉鸣
好像她母亲的缝纫机
生锈的踏板，哒哒哒哒，
突然停下。青柠花瓣

如碎布，漂游在
被针缝合的静默中；
如花粉，花瓣的成长
即意味她的天命。

中午给青柠树缝了
一圈不规则的阴影褶边；
如此繁多的对称性，
让她的脊背疲倦。

我的目光停歇于一排
斯芬克斯像，那是一道道
山峦，顽固不动，有如
它们的石头之间：

“你能不能大声喊出
每重山本来的名字呢，
即使我们在光影和云朵间
不断变幻姿态？”

但我的记忆太弱，
好像大海微细的呼啸，
我依稀记得的
不过是一线白沙，

和岁月侵蚀的脸上
褐色的皱纹，多石的
河流中喃喃自语的
石头，但正在消融的

问题将会解开它们的
疙瘩——在雨中，
山瀑的鹅卵石哗哗的
声音，会变得粗糙——

随着一个樵夫放松
身心，在斧头劈下的
片刻之后，谛听天空裂开，
那些名字配得上

这些回声：马赫特[1]！
佛莱斯梯尔[2]！还有远处
粗糙如树叶的回声：
马布雅[3]！而且，啊！

山体跳起，从我手中
叼走食物，那只杂种狗
高兴地汪汪叫着，重复着
一个接一个的元音，

树枝对我鞠躬，
方言噼里啪啦鼓掌
当记忆的树液
飞速上涌。

四

日出所制的每一节
诗行的西边，都有一些
香蕉园回应它们的
光线；头顶，

一只鹰在滑翔，

---

① 马赫特（Mahaut），位于圣卢西亚西南部地区。
② 佛莱斯梯尔（Forestière），圣卢西亚中部偏北的河谷地带，科德赛河流过。
③ 马布雅（Mabouya），圣卢西亚中部偏东的峡谷地带。

我的心以其鹰喙之状，
把它带回世界的
外缘之轨，

回到逐渐模糊的桥，
回到在河床里蜿蜒的
水流，回到山脊，
那里是一棵树

要回的家，哪怕她下课晚了。
哪一座棚屋是她的？
现在，她沿着此诗的台阶
一步步爬了上来，

坐下享用一顿晚餐，
有面包片、炸鱼片，
趁着林子反复叙说
她那渐暗的英语。

棚屋的窗户闪着光。
绿萤火虫弓着背，
点亮了佛莱斯梯尔，
奥尔林斯[1]，方德·圣雅克斯[2]，

---

① 奥尔林斯（Orléans），应该也是圣卢西亚的地名，位置待考。

② 方德·圣雅克斯（Fond St. Jacques），位于圣卢西亚中南部的小镇。

沉睡的森林径自
延展，它阖上眼睛，
除了被灯照亮的小木屋
射出的一瞥；

此刻，头灯掠过
矮小棚屋的封闭性文本，
在其上方：一座山
像金字塔收拢于尖顶。

火炉般热的夜里
余烬飞散。一家小店
把一扇光门掷到
马路上，一股咸鱼

味道。一堆干燥的沙
散开，成为一粒粒星星。
鸽子岛像一只猫，
把大海扣在爪子下。

罗梭峡谷[1]

（给乔治·奥德勒姆[2]）

满满一铲的乌鸫
从路肩扑棱一声腾起，
记忆叽叽喳喳，向后掠过
震颤着、敦实沥青的

蒸汽压路机，在此
日出时分，穿过罗梭峡谷，
飞到轰然一声停工的
糖厂，甘蔗的回音

扩散，那时他们习惯于
在这甜蜜的峡谷种植甘蔗；
随后，乌鸫在甘蔗田的
箭雨中齐射一堆堆

---

① 罗梭峡谷（Roseau Valley），罗梭河是圣卢西亚最长的河，从谷底流过，向西注入加勒比海。

② 乔治·奥德勒姆（George Odlum，1934—2003），圣卢西亚左翼政治家，曾任圣卢西亚外交部长、副总理。

教堂执事，把罢工之后的
每一天都变成礼拜日。
如今，废弃的厂区内
没有一盏灯是亮的。

滑轮车在枕木上生锈。
庄稼也换成了香蕉，
在一声声和散那[1]之中，
一个男孩的天堂崩塌了。

狭窄的铁轨间长满了
深草。一道交叉口徒劳地
等待古老的铁制诗节
驶过，载着香甜的货物。

工厂发白的洋铁屋顶
系了保险带。铁皮与风的
撬棍搏斗，风却不舍得
它最后的钉子，但杰克梅尔[2]

礼拜堂里，祷告声把锁链
轻柔地系在工人交缠的手腕上

① 和散那（hosanna），基督教名词，指赞美上帝的呼喊声。
② 杰克梅尔（Jacmel），位于圣卢西亚西部的小村庄，在卡斯特里南边不远处。

（他们弯腰如喃喃低语的甘蔗，
不管作物换成了什么），教堂

和峡谷一样古老，连祷声
流淌出当地牧师的糖浆
口音，他们并非来自布列塔尼，
或阿尔萨斯-洛林[①]。香火

继续上升，和山上的黑烟
有着相同的脉络，维系
从罗梭到天堂的通道，
但作坊却咽下最后一口气。

它是多么翠绿、香甜，
活在我的渐老的灵魂里！
被肌肉发达的风用模糊的镰刀
一闪扫过，但我的诗行

有什么用处？它提供不了
法国神父的圣诗或劳动号子
所发挥的功用，把天堂
和涨薪分得明明白白，

---

① 布列塔尼（Brittany）和阿尔萨斯-洛林（Alsace-Lorraine）都是法国的地区。

这种语言所给予的爱
几乎没人读懂，那些种植户
只花几个铜板便能享受到
宗教团体或工会的好处。

我提倡给那些峡谷人
以均等的绿灯有什么用？
烟囱和破屋的上方，
一朵云握紧黑拳

从一道道灌渠打手势
让扩音器噼里啪啦放大的
演说尽管劈出闪电，
成为怒吼的暴雨，

洪水召集一大帮衬衫党，
聚集全部的力量包围
工厂的大门，不知道下一步
怎么走，因此形成漩涡。

从沟渠浮起的稻草人，
全都发出被钉十字架那种
叫喊，让工厂的汽笛
或钟楼之眼，恐慌不安，

直到它们焦黑的茎秆，
好像甘蔗焚烧后的
残茬一片狼藉，被教会
和政府再一次脱粒，

但有个周一，它们上街
游行了，攥着成束的庄稼，
警察蹬自行车，呼呼地
跟在旁边，直奔政府大楼，

褐色的河水漫上山坡，
轰隆隆地包围了摩恩岭[①]，
只留下老糖厂，单打独斗，
照料它的甘蔗。

我的手与工人有着同样的
躁动，但对于那些翻阅我的
《时祷书》的衣衫褴褛的收割人
来说，它的力量又在何处？

一面旗子鼓起一些魔鬼，
烟雾从一个捧香人之手盘升，
鸦片之龙的呼吸，愣是
从路西法造出了一个化身。

---

① 摩恩岭（the Morne），法语全名叫 Morne Fortuné（好运岭）。

那些以谷物为食的国家
被一面镰刀旗的影子
席卷而过，也因此，
甘蔗选择了乌鸫之箭，

也就丧失了丰收，什么？
是我曾经对它成为“东方以及
不朽的小麦”[①] 的想象，还是
漠不关心的高高在上？

但我的想象，真的属于
不同的领域？不管是象还是卒，
都能在方块棋盘上移动
政权的阴影，而我的天赋

却无法给这岛屿带来
足够的回报，不能让纷杂的
方言统一，左手甚至从没
举起庄稼捆宣示团结，

在山丘闷热的胳肢窝里

---

① 语出英国诗人、神学家托马斯·特拉赫恩（Thomas Traherne，1636—1674）的随笔集《世纪冥思》（*Centuries of Meditations*）：“玉米是东方的，是不朽的小麦，不应收获，也从未播种。”

仍会止不住流着树脂之汗，
因为我所选择的道路，是从
大海的圆形竞技场跃起，

在灯塔或烟囱之上，吸入
一道令人振奋的海平线，那里，
蒸汽压路机的心跳，死于
蔚蓝、不可分割的空气。

拉丁语入门

（纪念鲍克斯尔①）

除了海平线，没有任何
刻度可以衡量我的工作进展，
也没有任何语言，除了
我步行回家的长路上

那一处处浅滩，因此我把
远方文学沾满沙子的海藻
抖落，虽然，我稚嫩的右手
也许能从中获取些许帮助。

军舰鸟，我的凤凰，
我喝多了碘酒，酩酊大醉，
从太阳的螺壳倒出一滴
把海浪染红的葡萄酒之布；

我以一个男孩的胫骨

---

① 鲍克斯尔（H. D. Boxill），沃尔科特的教父，初中老师，教法语和拉丁语。

犁过海浪的银田，虽然
脚下的沙床一步一步陷落，
我仍踉跄着继续前行，

从大海簸摇的词语中，
发现了我心中最深的愿望，
那男孩瘦骨嶙峋的鱼
成为支撑我的肋骨。

但我看到，王棕是如何
用黄铜暮色把它们的叶片
蜷缩起来，变成一个个
拉丁语考试的问题。

我痛恨韵律分析的标记。
那些横贯诗行的笔画，
在海平线之处飘起小雨，
晦暗蒙昧了这门学问。

它们就好像数学，
把快乐变成了设计，
用星星掷下的光杖组成
正弦函数和余弦函数。

愤怒中，我横穿大海之书，

我的脚步会错过一块鹅卵石；
但它仍旧坚持自己的韵律：
扬抑、抑抑扬、扬抑抑。

Miles，步兵战士。Fossa，
战壕或坟墓。我的手
举起最后一枚沙弹，
掷向缓缓后退的沙滩。

大学入学考试，我的数学
考砸了；通过考试之后，
我教过“爱”的基础拉丁文课：
Amo，amas，amat①。

我穿粗呢外衣，打领带，
成了学院的一名硕士，
我观察古老的词语干枯，
好像书页上的海藻。

我会沉思，从港口的
大片屋宇出发，回到我的桌子，
男孩子们一头扎入纸张，
轻柔如海豚。

① 这三个词都是拉丁文“爱”的现在时人称变位，amo 是第一人称“我爱”，amas 是第二人称“你爱”，amat 是第三人称“他爱”。

我宣扬的这门学问
显得我像一个伪君子；
他们轻盈的黑色身体上了岸，
会死在方言之中；

我按住地球的顶点转动，
显露两个各自封闭的半球，
但是，既然两个世界都不属于，
他们的眉毛该皱向哪边？

静默用棉花堵塞了我的
耳朵，发出一朵云的噪音；
我爬上分层级的白色竞技场
企图找到我的声音，

我记得：那是一个
周六，接近中午，地点
是维吉，我的心绕着
半月炮台转圈子，

停下观察中午时分的
炮管，在一片没有四季更替的
大海上，投映为一棵

青铜色的高米尔树[1]主干，

而赭色的老鼠岛[2]
正在蚕食大海的蕾丝边，
一只军舰鸟飞过来，
穿过一棵树的网，

在卷云里举起它的
徽章，对它的命名出于
渔民的常识：大海的剪刀，
Fregata magnificens[3]，

ciseau-la-mer[4]，土话中
形容它的裁云之路的词语；
还有船桨开合所代表的
本土意义上的象征，

以翅膀一击作为音节，
当它平稳滑翔之时，
那个缓缓拉平的V字，
和我的海平线齐平为一，

---

① 高米尔树（Gommier），一种桦木，圣卢西亚渔民有用它的主干凿独木舟的传统。

② 老鼠岛（Rat Island），离卡斯特里不远，曾被用来隔离传染病病人。

③ 克里奥尔语，意为“大军舰”。

④ 克里奥尔语，意为“大海的剪刀”。

一直飞越那座倾颓的、
被绵羊啃食的大理石林，
那些赫拉克勒斯[1]以为神圣的
石柱，不再支撑房顶。

① 赫拉克勒斯（Hercules），希腊罗马神话中的大力神。

别墅里的餐馆

陶塑模样的女招待，
双肘外拐，那个姿态
像母鸡抱窝，虹膜
时而蓝灰，时而淡褐，

像躺在阳光照彻的
道里河[①]浅水下的鹅卵石；
耳朵像皱缩的罐子，
藏着闲话和刀叉。

漂亮的卡拉夫瓶
由庇耶[②]的红土所制；
那里，一个原始、未完成的
人从事制陶工艺。

在他的杉木架上，
一个接一个摆着类似的瓶子——

① 道里河（D'Oree），圣卢西亚南部的河流。
② 庇耶（Piaille），指的应该是 Piaye，圣卢西亚南部的小城，有一条同名的河流过。

胯部呈母体的丰满，
腕部却是女孩的纤细。

我慢慢剥开裹布，
露出里面湿润的黏土，
道里河低沉的嗡鸣
通过她张开的嘴共鸣。

让刀刻火焚的雕像
披无花果叶遮掩羞处
或一条受到惊吓的印度蛇
盘绕她冰冷的腿胯。

我见过它们的榄仁状
大理石眼睛，似乎在说：
“你的大海有自己的《伊利亚特》，
你别碰我[①]。”

所以，别人可以透过
蒙尘的玻璃，在希腊之瓮
或双耳细颈瓶里，寻找她的美——
我却选择血肉的花瓶，

并变成一条河流，

---

① 此处原文是拉丁语。

它棕黄的舌头不会停歇，
直到我的赞美填满
她胸部的高脚黏土杯，

用蓝灰或淡褐的页岩上
肌肤透亮的河水，采自一个
文盲的街区，某个法国佬
给它取名舒瓦瑟尔镇①。

但她体内却是阿萨姆②；
当高脚杯的把手按摩一个
僵硬的脖颈时，巴勒贝克③的
那些沙堡便竖了起来；

曼帖那④画笔下裂开的大地
属于她，还有金苹果；
她头部后面的蓝色石膏

---

① 舒瓦瑟尔镇（Choiseul），圣卢西亚南部的小镇，以本地出产的工艺品闻名。

② 阿萨姆（Assam），印度东北部的阿萨姆邦，产阿萨姆红茶，流行沙克达教，亦即性力派，信奉女神提毗为至高神，视其为万物的起源。

③ 巴勒贝克（Balbec），有两种可能：其一，指的是 Baalbek，位于今黎巴嫩的罗马神庙遗址；其二，指普鲁斯特的小说《追忆逝水年华》虚构的位于诺曼底海滨的度假地。这两句诗的意义也有点费解，可能指的是女招待的乳房（高脚杯）碰到作者的脖颈，作者身上起了鸡皮疙瘩，也可能指女招待的乳房有了生理反应。

④ 曼帖那（Andrea Mantegna，1431—1506），意大利文艺复兴时期的画家。

是我的西斯廷礼拜堂①；

穿着兜满云气的紧身
上衣，跨过游廊的护栏，
她的身后是一轮太阳，
和一座光影斑驳的森林，

美貌岂是她的过错，
折叠成祭坛形状的餐桌布
被她用纤手抚平瑕疵，摆上
面包碎和今日份鲜花。

① 西斯廷礼拜堂（Sistine Chapel），位于梵蒂冈，教皇的选举场所，始建于1445年，内有波提切利、米开朗基罗的壁画。

三个音乐家

（给亨特·弗朗索瓦[1]）

“圣诞节刚到，就有
一阵微风吹来，好比
荣耀的香柏之间的
伯利恒那般清新。

从小镇到维约堡[2]
从维约堡到卡斯特里，
它吹过各个村庄，
沿路涂了一层清漆。

我们在门廊放了
红锡罐，以求宽恕，
把来自第一花园的
石头，刷成白色；

---

① 亨特·弗朗索瓦（Hunter François，1924—2014），圣卢西亚律师、政治家，曾任教育部长。

② 维约堡（Vieuxfort），圣卢西亚南边的小城。

喷灌后的庭院，
那株白玫瑰树旁边，
一个天使之膝
留下了酥软的凹痕，

天使的长袍那么
纯洁，卷起的褶子
就像瓷罐流出的
水线拧成一股；

不管年老还是年轻，
生命得到更新。那一周，
折一片青柠叶，都有
大天使脸颊的清凉，

他的阴影，沿着
山坡绿草往上飘飞，
一路的香柏抬起枝条，
以便他的翅膀通过。”

依西多夫人这样唱道，
她门前的台阶擦洗
干净，迎接第一位客人，
我们赤脚的上帝。

他比他们还要穷，

没有供他休息的床了；
“我的客厅是耶路撒冷，
我的桌子是基列山。”

整整一周她都在练习
鞠躬：“很高兴遇见您；
这位是谁？他名叫
约瑟夫，也是一位木匠。”

那一周没干别的，
时而烦恼，时而欢笑；
约瑟夫从玻璃箱
取出银色的卡拉夫瓶

放在两尊柱子般的
尊尼获加①金酒旁，
让老人变老吧，而不是
约瑟夫，让他轻快地

拥抱她像抱木工活儿，
他不再去咖啡店，
整天唱着，“一半的天使
在歌唱②”；到了星期六，

---

① 尊尼获加，即 Johnnie Walker，著名的苏格兰威士忌品牌。
② 从歌词可知约瑟夫文化水平不高，他把“听啊，天使在歌唱”（Hark，the Herald Angels）听成了“一半的天使”（Half the Herald Angels）。

他搭一辆车从集市
回来，直奔家中；
买回一卷油布展开了
铺在他们的房间里。

一个煤油罐子里
火腿咕嘟嘟地冒泡，
不管好不好吃，
用灰布紧紧包着，

到处弥漫着烟火气，
葡萄干的清甜，她将切下
一块黑饼，祝福她无法
求取的婴儿的诞生。

呵，圣诞，圣诞之晨！
他们听到风中依稀传来
钛男孩乐队的小提琴
呜咽、警示的声音；

在他们的感觉中，
“无辜人的血[①]”

① 《圣经·耶利米书》(19：4)：“……又使这地方充满了无辜人的血。”(和合本)

正在一品红[1]的罗马
刃叶上流淌，

这时，三个音乐家
正打一个个庭院的门前
经过，闻到姜的芳香，
完全是甘松[2]的味道；

一把四弦吉他弹拨着
沙哑、欢快的赞歌，
他们到了。“请进，请进，
我们备了威士忌和索雷尔[3]——”

索雷尔顶着血淋淋的
荆棘王冠，来到篱笆前，
黑边接骨木[4]跪下迎接，
表示忏悔——

“约瑟夫，拿三把椅子！”
他们在门前鞠躬。
三顶毛毡帽。其中一个说，

---

① 一品红（poinsettias），又称圣诞红、圣诞花。
② 甘松（spikenard），有松节油的香气，可用于制作香薰、给酒增香，《圣经》多处提及甘松。
③ 索雷尔（sorrel），酸模，叶酸辣，可用于调味。
④ 黑边接骨木（lace bush），可能指的是黑叶接骨木（black lace elderberry）。

“圣诞快乐，依西多夫人①，

我名叫弗兰克·焚香，
这是黄金先生，这是没药先生。”
他们小心翼翼把乐器
靠在一个角落。

每人膝盖上都有一顶
新帽子，他们点头赞叹
一切都那么整洁，一阵微风
吹干他们冒出的汗水。

其中一个曲指，举起
他的小酒杯，来吧，
让我们为女主人干杯，
因为他们都知道，她做梦

都想给乌黑柔软的
皮肤披上白色的蕾丝，
但不知怎么，拜上帝的
恩荣，她生不了孩子；

窗帘拉起来了，
油布显得亮堂一些，

① 此处原文是法语。

他们为她刷新的房间
带来子息的氛围。

他们默默地吃着
她拿出的黑饼，
靠在他们的乐器旁，
像三个脊背挺直的国王，

他们把盘子交还，
盘边剩一小块没吃
以示礼貌，猛喝两杯
才开唱，唱得跟屎一样；

在呕哑嘲哳的琴声里，
他们为了孩子祈祝
饥渴慕义①的虔诚。约瑟夫
觉得心都要蹦出来了。

① 饥渴慕义（hunger and thirst），《圣经·马太福音》（5：6）：“饥渴慕义的人有福了，因为他们必得饱足。”（和合本）

圣卢西亚之初领圣体

暮昏，沥青路快磨没的边线外，
站着一个穿白棉上衣、棉布长袜的黑女孩。
先是她一个，然后一小群她。呵，初领圣体！
手里拿着夹粉缎的祈祷书，

僵直的辫子用白缎蛾的发卡夹住。
毛毛虫的手风琴，仍在沿棉枝泵出奇迹，
怀着一个没有被“如果”限定的信仰，
棉枝裂开的嘴巴吐露棉桃！

当黑暗如盲眼圣徒到来之前，
整个圣卢西亚，成千上万的天真孩童
排队在教堂台阶面对太阳的镜头，
身体蜡烛般直立于眯眼的父母中间。

但若是可能，把车泊在渐暗的沥青
路边，趁头灯的长矛尚未刺入她们的眼睛，
若是可能，给每个孩子一个家的臂弯，
把窗玻璃摇下片刻，漫声敦促

最后一只蛾子冉冉登车，我会把她们命中的
暴风雪关进这辆暗色的汽车，在某个黑山坡上
为她们拍打的翅膀拂去尘土，成千上万地将她们放飞，
踉踉跄跄直上云霄，在偏见、罪恶袭来之前！

大岛村

盐水中浸泡的村子如一块灰抹布，
从这里产生一种挂着海螺壳的语言，
胳肢窝里怀疑还长了各种莓果，
胳膊类似弯折的船桨。每一次葬礼
或始于波谷，或始于粪堆，破晓时分，
或天刚擦黑，只有螃蟹参与。气味
被大海强化至刺鼻。岛屿之锚下得很深，
沉入沙里，却总清晰可辨。很多鲨鱼，
经常是魔鬼鱼①，翼展宽阔，堪比船帆，
梦游般瞪视的眼，自摇曳的珊瑚丛中升起，
渔民举起一只鲶鱼，仿佛留胡子的头颅。
夜晚那些笃定、不可扑灭的蜡烛
好像头下脚上的亡灵夜②，保持
蝙蝠观察世界的角度。困惑的眼睛俯视我们，
认为我们走路的姿势太过奇特，惊讶于
我们是怎样维持的平衡，怎样睡觉，
怎么跟死人一样，为何把梦

---

① 魔鬼鱼（ray），身体扁平，胸鳍和头部合为一体，与鲨鱼同属板腮亚纲。
② 亡灵夜（All Souls' Night），亡灵节前一天（11月1日）的夜晚，传说此时亲人的亡灵返回人间，要点蜡烛迎接。

与普通之物如蜗牛或玫瑰混淆不清，
岩石覆盖青苔，为何速朽，
大海簸起的沟壑和时间根本不搭界，
沙子闲来无事，卷起旋风，
阴影只听命于太阳。
有时海豚冒出拱背，俨然是
半浮的旧轮胎。厄尔皮诺[①]，你这
该死的醉鬼从搁板翻滚而下，
而舵手仿佛吐息的波浪下的魔鬼鱼，
继续航行，你不属于这里。
这里的蜡烛和风俗都不同，亡灵
也不一样。不一样的贝壳保卫自己的坟墓。
我们海平线的天堂之外也有
分别。这里不是葡萄紫的爱琴海。
没有葡萄酒，没有奶酪，橄榄籽是绿的，
海葡萄发苦，语言是奴隶的语言。

---

① 厄尔皮诺（Elpenor），希腊神话里奥德修斯的同伴，在喀耳刻岛上喝醉酒，睡在房顶，不小心摔死，混乱中没人发现。后来奥德修斯在地狱碰到厄尔皮诺的魂灵，后者请求奥德修斯返回人间后，找到他的遗体安葬。奥德修斯照办了，并在坟墓上放了一只桨。这个题材被无数作家反复使用，包括乔伊斯、庞德、塞菲里斯等。

海螺采集者

多毛荨麻、分叉曼陀罗、邪恶
毒菇、青蛙毒液、毛扎扎的海胆，
生来即是毒药，所以我们不应质疑
月盲症的海螺采集者吐槽他们的见闻。
这位王子是谁？他为啥要戴头盔？
我们看到高飞、食腐的军舰鸟越来越常见，
看到我们的呼吸吐纳变化不定的形状，
然而他因何焦虑不安，在伸入
水中的堡垒上遥望星空如失眠的大海？
什么样的谣言披着大氅传遍王国，
在湿滑的街道逃避守夜人的灯？
捡海螺的人被我们询问者打脸，喃喃道：
“他好像焊在礁石上的壳，
没有什么刀可以把壳撬开。”

狡黠的施虐者
假装同意。教长的现代布道词
证明没有罪恶，只有误导的意志，
但海螺采集者们的眼睛灰暗如牡蛎，
他的黑帆慢慢滑过他们覆满苔藓的龙骨。

“是僭主亚巴顿[①]被毒蛙蜇到心脏。”
“他的头盔下一无所有，除了你的恐惧。”
“他吸出自己的眼槽并喝下去，
他的剑柄被布满鳞片的爪子攫住。”
“你做好十字架，他却复活了？”
“是的。海蝎子[②]像狗一样听他的哨声动作。”
“秃鹰在他的酸性唾液里展开伞翼，
大海闪烁，仿佛他的锁子甲穿雾而过。
他扣住世界的脖子，根本撬不起来。”
就这样，只要我们请他们喝浓汤，整夜整夜
都说不完，最年轻的那个盯住冒气的锅直到冷却，
打着寒颤问：“如果是僭主亚巴顿，那么
他僭越了什么？”“愿炽天使[③]发银箭把他击败。”

我们解释说，是海浪间暴动的月光，
是渔民明灭的月光，把他们逼疯了的
不过是掌上盐蚀的口子，但他们
全都相信是亚巴顿，那个站在打湿的海堤上，
骨架嶙峋的翅膀颤抖，宛如浑身湿透的杂种狗的，
直立如蜇人魟[④]，是魔鬼鱼，不是魔鬼；

① 亚巴顿（Abaddon），指毁灭天使或撒旦。
② 海蝎子（sea scorpion），是一种已经灭绝于二叠纪、三叠纪之间的节肢动物。
③ 炽天使（seraphs），音译撒拉弗，六翼天使，最高等级的天使。
④ 蜇人魟（stingray）是按照字面意思翻译的，一般称作刺魟、黄貂鱼，和鲨鱼的属类较近。

最年轻的那个哑着非人的嗓子，
粗哑如疲倦的海浪，自长满海螺溃疡的
礁石退去："如果不是他，那么
为什么披着黑氅的云用爪子钳住月亮，
像个疯女人把她圆润的尖叫扑灭？"
举起的勺子上方，是野性如海螺的眼珠。

白色奇迹

（给列奥·圣·赫林[1]）

冉噶热[2]踢掉发皱的皮囊。
拍打她罐子里的灵魂！半人狼
能曲肘小跑，能直立，露齿一笑
便成为牙关紧咬的变狼狂。香炉里
啾啾漫游的鬼魂消融地面的雾团，他们
未受上帝律法的洗礼，未被诅咒，
未完成。岛屿的流浪艺人喜爱
我们的蘑菇精灵，那魔鬼的阳伞，
蛆似的蹑手蹑脚爬出树干腐烂的洞口，
嘴巴是一道缝合线，畸形的脚前后反转。
驱巫术无法将我们午夜后在林子里
听到的显灵故事错植年代，其中，一个
苍白的女人如盲眼猫头鹰，飞向
枝杈，以殷红的月亮当眼睛，咕嘟嘟地
冒着怀疑的气泡。你听见一声清脆的“扑通”？

---

① 列奥·圣·赫林（Leo St. Helene），圣卢西亚一位摄影爱好者，主要拍摄圣卢西亚的乡间风景。

② 冉噶热（gens-gagée），圣卢西亚民间传说中的女巫，能在夜里脱掉人皮之后飞行。

什么都不是。如果有东西从苔石滑下，
不用理会，不过是一只累了的螃蟹或鱼，
除非是我们的水之母，披着湿发
滑到这页纸上，钻到你的笔下，
只有一个简单的民族才相信这些。
树精和蛇神，深烙在林子的
树皮上，莎草纸上，以及这页纸上；
而轻盈如鹿、唰唰唰踩着干叶的
跛子猎手布瓦老爹①，却不过是潘神②的
克隆版，又一个翻译过来的色鬼。
从黄麻纤维的糖袋里出来的丑老太婆
(不过你得在月光下的门梁上铺满面粉)，
脸在脑后的**英俊少年**③蹑手蹑脚爬向你，
羊齿草蹄子、鼠耳、无脸的精灵，
这些都是落后的、穷人的传说，
被月光固化为大理石，将会变白，更为丰富。
我们的神话是无知，他们的神话是文学。

---

① 布瓦老爹（Papa Bois），圣卢西亚民间传说中的森林之神。
② 潘神（Pan），希腊神话中的牧神，生性好色。
③ 此处原文为法语。

来自老近卫兵的一封信

（给伊蕾妮·沃思①）

安地列斯群岛，棕榈摇荡，
一个老兵用鹅毛笔蘸着海蓝色墨水

纪念廓尔喀兵的凶残，
还有他的覆灭于苏丹沙丘的

军团；他听到铜管铙钹的
咚咚锵锵声，人群的欢呼声

惊起鸽子，盘旋于皮卡迪里圆环②上空——
它们曾是亚历山大③眼中的骄傲。

和平持续四十年了，欢呼声
抬起了海德公园，一座雕像如船舰

---

① 伊蕾妮·沃思（Irene Worth，1916—2002），美国女演员。
② 皮卡迪里圆环（Piccadilly Circus），伦敦市中心的购物中心，建于1819年。
③ 哈罗德·亚历山大（Harold Alexander，1891—1969），英国元帅，二战期间任中东战区总司令。

分技拂叶；耳朵听到的喧嚷声
如海浪，打湿他的上唇，

他写道："女士们，看见你们
在巴西大街[1]阳台上，日落染红双颊，

"让我感动。不，我不要钱，
但今天是国殇日[2]，所以整整一周，

"毫无疑问，你我都会想到战争，
寡居的姊妹两个，戴同款白领结，

"站在哥伦布广场[3]前蕾丝挂饰的
阳台上，我是帝国纪念日[4]的海童军，

"看见你们剪了不一样的发式，
戴奶白色莱戈霍恩草帽[5]；两个人都那么漂亮，

"光彩照人。当时布尔温[6]是总督，

---

① 巴西大街（Brazil Street），指的是卡斯特里的主街巴西大街。

② 英国的国殇日（Remembrance Day），为每年的 11 月 11 日。

③ 哥伦布广场（Columbus Square），在卡斯特里市中心，沃尔科特获诺贝尔奖的第二年，即 1993 年，更名为沃尔科特广场。

④ 英国的帝国纪念日（Empire Day），为每年的 5 月 24 日。

⑤ 莱戈霍恩草帽（Leghorn hats），来自意大利的精编草帽。

⑥ 圣卢西亚没有一个叫做布尔温的总督，根据下文的线索，这次游行发生在英国国王爱德华八世退位那年，亦即 1936 年，当时圣卢西亚的总督是爱德华·威廉·拜恩斯（Edward William Baynes）。

一个威尔士人，但没有人在乎。

“一切都那么清晰，我脑海里
浮现四棵王棕窸窣作响的羽翎，

“听见一阵悦耳的音乐，喷泉之泪
溅到我们的脸颊上；这时纪念碑旁边，

“总士官长一声号令，撼山动地，
六百双皮靴迈出，齐刷刷行举枪礼，

“当布尔温用咆哮的嗓音读《诗篇》：
‘我举目观望山的方向……’[1] 山还在，

“帝国的四面八方却都偃甲息兵了。
我们头发成灰，但心还是火。

“我那时还小，从来没有打你们高高的
游廊下经过。镇上划分了私人领地，

“而我参了军，能告诉你们的是，我在
迫击炮的火力覆盖下活了下来；我见过沙漠上的

---

① 《圣经·诗篇》（121：1）：“我要向山举目，我的帮助从何而来？”（和合本）

“斯芬克斯，板着一幅老拳击手的脸；
我知道你俩都失去了丈夫，他们死于

“攻打隆美尔的战役，从沙漠送来的
小白花是战士的心；一片流沙之海

“是我的黑人军团最终安歇的家，
保佑蒙哥马利元帅，维斯康特爵爷①，

“保佑所有人，购物广场，近卫骑兵总部②
嘹亮的号声；那年我十二岁，

“爱德华为了辛普森夫人退位，
直到今天，我还记得我当时的愤怒！

“我曾在苏丹为亚历山大爵爷服务，
我认识他的勤务兵，而现在我成了巡夜员。

“然后，一夜之间，我们独立了，
发生了一些事。我们黑人什么都不会

“经营。迄今为止，我还没遇到一个
可信任的人。我为了国王，为了这座岛

① 蒙哥马利（Bernard Law Montgomery，1887—1976），维斯康特（Viscount，即子爵），二战时期英国陆军元帅，在北非战场击败德军名将隆美尔。
② 近卫骑兵总部，位于伦敦，曾是英国陆军司令部。

"当兵打仗。我的手得了风湿，不过，
该撒的物当归给该撒[1]，他们就是这个意思吧，

"就像廓尔喀兵。多么凶猛啊，虽然
在这点上我们不比他们差。必须停笔了，

"因为我看到，一滴泪从笔眼落下。
请原谅我的涂抹，也请原谅写信人的

"署名。就这样，女士们，你的秘密的……"
然后他把信撕成碎片，这时，黄金岁月

在贝拿勒斯[2]餐馆的大餐盘上叮叮作响，
这家维吉兵营内的餐馆一水儿的黄铜内饰，

英属印度式灯光过于夸张，岁月渐暗
如柚木柜、棕榈林的夜潮，一套冷盘餐具

摆在饰以铜扣的明信片下，上面画着
布莱顿[3]码头，那时，我们的战争都是快乐的。

---

① 《圣经·马可福音》（12：17）："该撒的物当归给该撒，神的物当归给神。"（和合本）

② 贝拿勒斯（Benares），印度七大圣城之一，所以这家位于维吉高地上的餐馆经营的是印度菜。

③ 布莱顿（Brighton），英国南部港口。

风暴的形象

昨晚，十九世纪像一盏飓风灯[①]，
给厨房餐桌的木板洇染了一层光晕。
灯柱倒了，灯芯挣扎、爆红，
像一本哈代小说，灼烧我的脑穹。

你光脚踩海滩房外冰凉的草地，
看见新冲出的水道全都流着垃圾，
远处雾气变幻形状，褐黄的浅滩里
滚动着倒下的树干，如沉船浮尸。

错误的时间。错误的地面。威塞克斯[②]海岸
远在另一个世纪。格栅玻璃罩里的
灯焰之眼，在风暴的整个收割期闪烁不止，
牌子曾是菲黛理媞[③]。现在她改了名。

浅滩的喋喋不休声适合她的
雷息雨驻的等待，风吹碎云如烟，

---

① 飓风灯（hurricane lamp），也就是煤油风灯、马灯，这里按字面意思翻译。
② 威塞克斯（Wessex），位于英国西南部，哈代的小说多以之为背景。
③ 菲黛理媞（Fidelity），字面意思是“忠诚”。

轰隆隆浪花拍碎；锡铅灰色的隆起绵延，
桥墩积攒吼声，苔藓被螃蟹抓紧。

每条树枝都一滴一滴丢失了珍珠，
海浪拖着脏污的衬裙穿过海滩垃圾，
在新晋石坑里蹚水的她被冰锁住脚踝，
水幕模糊了她，她成了水幕的水印；

电流返回线路。灯点缀狼藉的街道。
本世纪伴随蟋蟀的摩斯码成形。
你走得越来越多，她退得越来越远，
一个船头刻像，摇荡着却没有船。

这时，太阳的直棂光如鲭鱼跳舞，
在双人床边的台灯和小说上，光线
从椭圆肖像上泛起涟漪，她溺毙的脸
目光一闪，一个世纪的循环完成①。

曝晒的悬崖上，被海浪打结的草，
连同她的影子没入起了云雾的沙滩；
浪花提起裙边，让一只低飞的海鸥掠过
如迅疾无声的箭，那是灵魂之音。

---

① 此处应该是暗指哈代以威塞克斯为背景的小说《还乡》（*The Return of the Native*），女主人公最后落水而亡。

玛丽娜·茨维塔耶娃[①]

报纸在扶手椅上老去，空沙发
在阳光下昏昏欲睡。沙滩别墅里，
床上的格纹床罩平展无痕；
镜中不断掠过吊扇模糊的叶片。

海滩一般焦热的我，走进厨房。
我的干渴在生锈的水龙头下咆哮。
一股冷气从冰箱门逸出，托架上的
白色地衣长成了西伯利亚森林。

我从结霜的瓶里喝水，允许自己
片刻的幸福。吊扇震颤着一种平静。
漆柜的门铰链脱落，斜倚在那里，
仿佛小提琴的颊骨架在空处。

我把冰水放回去，看见火车站
被冰雪焊住不动的车厢。霜雪沿着

---

① 玛丽娜·茨维塔耶娃（Marina Tsvetaeva，1892—1941），俄国著名女诗人，自缢身亡。

窗沿钩编出您的脸；海鸥的鸣叫
在一滴滴耐心中，融化为冰凌。

您披着黑氅从您的书里溜出门——
书里的人物雨中奔跑，好像哭墙①上
古老的睫毛膏，好像玩具露齿而笑的
瓷裂——您的睫毛闪烁着眼影粉。

透过纱窗，一片青柠或月桂叶
学会您的沉默。另一种语言。
藤蔓的腕脉搏动，每一条绿须的蜷曲
是否都出自您的嗓子？单人床上

苍蝇嗡嗡交配，但是，哦，您的云雀
中断的歌声有如抽丝！海草的西里尔字母
是您生活的简写，沙鹬②的爪印是您的
破折号和连字符，沙滩上的断木。

现在是飓风季，茨维塔耶娃；有些日子
下雨，大海低头站着，仿佛一匹马，或一个
俯向脸盆的女孩，堵塞的下水道
把悲伤的缰绳交出去，尽情地发泄。

---

① 哭墙，位于耶路撒冷旧城，是古犹太国圣殿的遗存外墙。散落世界各地的犹太教徒来到耶路撒冷，会去哭墙前哀哭、祷告，希望恢复圣殿荣光。

② 沙鹬（sandpiper），规范的名字是丘鹬、鹬鸟。

但有时，不知从哪里，发白的浮木上
来了一只海鸥，尖叫如棘刺。天神变得
更远、更蓝了；在散文的沙丘之外，
跑着您纤小身影的感叹号。

海草晾干她的头发，玛丽娜·茨维塔耶娃，
鹈鹕好像一个十字架终止飞行；
但那盘旋的幸存者，新娘一般的海鸥，
用优雅的姿态对这座海滩别墅

施加影响，化妆台，天蓝色妆盒，
海平线的连字符，光秃秃的墙——一本护照，
他们从中揭走了您的照片，床头闹钟无意义的
滴答，一件您忘了带走的黄蝴蝶裙子，

被我床单的砂纸打磨，一座枕头坟墓，
一滴海洋之泪。太阳摇荡它的鳞片。
时间，一半的永恒，如含于一扇窗的海，
把您的书页，静止的船帆，卷入汹涌。

世界之光

卡亚，来点卡亚，
必须来点卡亚，
因为雨在下。
——鲍勃·马利①

客车的立体声在放马利的摇滚，
那个美人儿，跟着和声轻轻哼唱。
我能看到光在她的脸颊上起伏、勾勒；
如果这是一幅肖像，你会把精华
留到最后欣赏：光抹过她的黑皮肤
平滑如丝；要是由着我，我会给她戴一只
朴素点，用上等金打造的耳环加强对比，
但她没戴饰品。我想象，她的身体
如静息的猎豹散发一股强烈的甜蜜气息，
头部不亚于雕刻精美的纹章。
当她看向我，然后礼貌地扭转视线，
因了盯陌生人看不礼貌的礼仪，

① 鲍勃·马利（Bob Marley，1945—1981），牙买加歌手，雷鬼乐的鼻祖。

那样子宛如一尊雕像，德拉克洛瓦[①]的
黑人版《自由女神引导人民》，眼白轻微
隆起，嘴唇精致如木刻乌檀，
躯干挺直，稳重干练，散发着女性气息，
但逐渐地，连这都没入黑暗，
只剩下一个侧影和高光的脸颊，
我心中叹息，哦美人，你是世界之光！

这并非我第一次想到这个形容，
这辆十六座的客车，轰轰地往返于
大岛村和集市之间，周六的集市后，
满是木炭碎屑和乱扔的菜叶，
从喧闹的小酒铺鲜亮的门外掠过，
你看见躺在马路上的醉酒女，悲惨莫过于此，
她们日复一日，苦熬烂醉生涯。
周六晚关门后，集市回想起
童年，蜿蜒错列的汽灯挂在街角
杆子上，小贩的吵闹和车马声，
喧嚣依旧，这时，点汽灯的人爬上杆子，
把灯挂起来，然后去挂下一个，
孩子们的注意力则转向飞蛾，
眼睛白得像他们的睡衣；集市本身
也被关进纠结的黑暗，
影子为了面包争吵不止，

① 德拉克洛瓦（Eugène Delacroix，1798—1863），法国浪漫主义画家。

或者在有电的小酒铺里，为了什么是正确的
争吵风俗而争吵。我记得那些阴影。

天色渐暗的车站，慢慢上来更多人，
我坐在前座，我不赶时间。
我看着两个姑娘，一个穿紧身黄上衣，
黄短裤，头发还插了一朵花，
洋溢着宁静的渴欲，另一个我兴趣不大。
那晚我走遍我出生、成长的小镇
所有的街道，想起我的母亲，
暮色给她的白发染了一抹暗黑，
还有那里成片倾斜的盒子房，执拗地
挨擦在一起；我扒着门廊上半开的
百叶窗看进去，漫漶不清的家具，
莫里斯椅子，中间的桌子摆着蜡花，
墙上挂着平版蚀刻的《圣心基督》像，
至今还有小贩对着空旷的马路叫卖——
糖块、坚果、流心巧克力、坚果蛋糕、薄荷糖。

一位老妇人头顶手巾，上面再戴草帽，
挎着篮子踉跄着跑来；某个地方，
一段距离之外，还有一个更重的篮子
她带不了。她又慌又急，
对司机说，“Pas quittez moi à terre”，
这是土话，意思是，“不要丢下我受困”，
用她的历史和族人的话说就是，

“不要把我丢在土地上”，或重音一变，成了
“不要把土地丢给我”（作为继承）；
“Pas quittez moi à terre，仁慈的面包车，
不要把我丢在土地上，我受够它了。”
黑暗中，巴士挤满了沉重的影子，
他们不会被丢给土地；不，应该会被丢在
土地上，他们必须找到出路。
他们已经习惯了被人抛弃。

我抛弃了他们，我知道，
坐在面包车里，大海般平静的昏暮，
人们在独木舟里弓背劳作，维吉海岬上
灯光橘黄，水面浮着黑色船只；
我，一个没能将自己的影子汇入
他们的影子中去的人，把土地丢给了他们，
连同他们白朗姆酒的争吵，他们的煤包，
他们对当官的、对所有权威的痛恨。
我深深爱上窗口的那个女人。
我想今晚带她回家。
我想让她拥有一把钥匙，打开我们在大岛村
海滨小屋的门；我想让她
换一件光滑的白色睡衣，泼水般
从她乳房的黑岩滑下，躺在
她身边，一盏黄铜煤油灯摇曳的
光晕下，轻言絮语，
说她的头发宛如晚间的山林，

说她的腋窝有小河的涓涓细流，
说如果她想，我会给她买下贝宁①，
永远不会把她丢给土地。其他人也是。

我感到一种巨大的爱让我流泪，
一种荨麻般刺痛我的眼睛的遗憾，
我怕我突然止不住而哭泣，
在这辆播放着马利的客车里，
一个小男孩越过司机和我的肩头
凝视车外，盯着迎面的光，
乡村的黑暗中，一闪而过的路面，
小山坡上的居家灯火，
天上的繁星；我抛弃了他们，
我把他们丢弃在土地上，我丢下他们
唱马利的悲歌，和雨水在干燥
土地上蒸发的味道，或湿沙的腥味一样真实，
在巴士头灯的光柱中感到温暖，
因为他们的邻里之谊，他们的体贴，

以及礼貌的告别。在轰鸣中，
砰砰震响的音乐中，从他们身上
飘来的摄人体味中。我想让这辆车
永远开下去，一个人都不要
下车，在头灯的光柱里道晚安，

---

① 贝宁（Benin），位于西非中南部的国家。

沿着蜿蜒的小路，让萤火虫指引着，
走到一扇亮灯的门前；我想让她的美
来到熨帖的木香的温暖中，
来到厨房里珐琅瓷盘让人松口气的
叮当声中，来到院子里的树下，
但我到站了。翡翠鸟酒店的门外。
大堂里应该全都是如我一般的过客。
然后我会贴着海滩的潮水散步。
我没说晚安就下了车。
怕晚安会充满无法表达的爱。
他们继续坐在车上，把我丢给土地。

车刚开走几步，便停了下来。一个男人
从客车的窗口探头，喊我的名字。
我朝他走去。他拿出什么东西。
是一包香烟，从我的口袋掉在了车上。
他给了我。我转身，掩饰泪水。
他们什么都不需要，我什么都给不了他们，
除了这个我称作“世界之光”的东西。

海洋之夜[1]

（给罗伯特·李[2]）

什么样的月亮会从榄仁树间升起，
上上下下，好像林海的浮标？
一弯如同伊朗短刀的弦月？
一座对周边施加广泛影响力的首都？
一个长戈尔巴乔夫头上胎记的人？
一枚当地的月亮，全身散发着重要性，
一个巡夜员满电的手电筒
吓到了厨房下水道的涓涓细流，
摄住了酒店铁丝网围墙上的一只蟹，
如身手矫捷的飞贼改变主意，
刺探闭锁的港口，摇晃潮水的泡沫之链。

如厨房里没有针的表盘一般平静，
高挂于海滩房的橱柜搁板，
月亮盯着一张塑料桌布，

---

① 海洋之夜，原文是拉丁语 Oceano Nox，法国大作家维克多·雨果有一首同题诗。

② 罗伯特·李（John Robert Lee，1948— ），圣卢西亚诗人。

她在上面重印了一只老鼠的影子，
弯着腰如修道士，手指数着
念珠串的莓果，速度比嘴巴还快；
那时的岛屿是一位葡萄牙公主的宝石，
披甲的小不点蚂蚁，呈印度纵列，
举着旗子，唱“桑克塔[1]，桑克塔，
女王”，然后散成编队，包围
她僵硬的笑容，那开裂的结婚蛋糕。

她的额头和修女一样绑紧，
又像黑人洗衣女，把帆布挂在
晾衣绳上，却忘了她曾经是
童贞女王[2]，光芒吸引巨角大帆船
舰队，如同蜗牛拖着银色黏液
和苍白的沙滩鼻涕虫。失眠的悔恨。
一切都过去了，如今她早已过了全盛期，
她的思想漫游于另一个时态；
她听到机关炮的潮水，棕榈叶的暴风，
透过她被抹平的脸，看到那些由她
命名的军舰的残骸：无敌号、复仇号。

海洋之夜。夜晚对大海耳语。
巡夜人穿着巡官制服，巡视酒店的

① 桑克塔，女性名字，字面意思是“神圣的”。
② 童贞女王（Virgin Queen），指的是伊丽莎白一世（1533—1603），英格兰和爱尔兰女王，终生未婚。

铁丝网。我回应他的晚安。
他用手电光在盐水之沫上打了几转，
然后移到头颅山，那是削了皮的
椰子壳时间久了堆成的，没有
被浅滩的黑暗骚动所解决的原错；
他唱着雷鬼乐，月光明亮，
可以看清掌纹。一支钢鼓乐队
在酒店泳池的高台奏出一串海浪的
滑音，让月亮的弧光荡漾出重影。

一阵声浪，回声从头顶
(没有晃动泳池里的月亮的椭圆)
进入记忆而脉动，从中学开始
一直到上大学，我就喜欢高蹈的
马洛①云团，伟大的全球剧院②，她本身
就是我的传承之源，我的阅读沉淀
下来，好像海浪重新冲开沙子
湿润的毛孔，在小洞的头部旋转，
几百年后，才渗透这座海边房屋的墙壁，
我轻声念诵大海的诗行，它们便后退，
成为一道渐弱的翡翠和红宝石喷流：

“黑色是最亮的白昼之美”③，

---

① 马洛（Christopher Marlowe，1564—1593），和莎士比亚同时代的剧作家。
② 莎士比亚等人创建的剧院。
③ 马洛的诗句，摘自其剧作《帖木儿》第二场的第一句。

黑色环绕着她的戒指，戒指是
黑色以肉眼不可见的方式放射而出的，
黑色是她张大嘴巴唱出来的音乐，
黑色是王冠在其上闪耀的黑布，
黑色，夜的完美，除了海平线的
裂缝，隐去了所有缺点；
如今，一切皆变，但我刚才的重点
是一轮圆月，不是月晕，
是巡夜员的手电光，不是巡夜员，
是历史令人迷醉的航迹。

整整一周我都在预演他们的美，
她的白玉盘如照相机镜头
沿着一个乌檀似的高颧骨移动，
我指的是安·丹尼尔、劳蕾塔·艾蒂安的颧骨，
嘴唇如弓，半隆起的眼球透着宁静，
皮肤表面那么光滑，如果你用
食指按压，简直会吱吱响，
一笑之间，露出浪花白的牙齿，
谦恭平和，不像演员，每一位都
披着大海的棉织，完美无瑕的贝宁出品。[①]

海洋之夜。钟表恢复了运动，
灯塔射出激光，扫掠一道海浪；

---

① 本诗其他节都是11行，本节是10行。

对大海低语的是一个不同的时代，
棕榈叶将会抓住老月亮的手
温柔地把她带入一朵云的坟墓；
我穿过黑暗的草地回到房里；
这时她所有的光芒再一次返回，
让草地上的青蛙变成日冕；
如果有一环月晕，则意味着雨①，
那张空白的脸没有更多含义，
除了历史的无辜和悔恨。

所以，让她的光消融，成为
戴领圈的云那黑貂皮与天鹅绒的记忆，
让餐桌的方块贴板变暗，
让一群把白帽子掷向空中的
浪花，鼓掌欢呼，让这欢呼喑哑，
当你关好门拉好门栓时，
你想到女人的颈项如弯曲的棕榈
那么柔软，看到老鼠碎步
钻回洞里。一棵棕榈的尖笔头
在屋顶的羊皮纸书写。黄铜台灯的
基座上，是新雨蝇②和火柴桅杆。

一团狂舞的雨蝇瘟疫。上床睡觉。

---

① rain（雨）和 ring（环）谐音。
② 雨蝇（rainfly），帐篷外防水防飞虫的帘布。这里指的应该是灯罩、灯帘。

晨雨停歇了，颤栗的榄仁树
将把噩梦的盗汗从低垂的头摇落。
海浪将熨平沙滩褶皱的纸张，
随着太阳抹去棕榈叶尖的雨珠，
甚至积雨云也会改变对天空的认知，
教区的鸟从浇湿的山丘飞下，
测试一种新的语言，因为这是它们的海岸，
而老月亮像鸡叫时分的任何鬼魂
惊得说不出话，鉴于一种力量反复抽打棕榈，
举起棕榈的心脏，以及你的心脏。

夜　钓

诗行[1]，请把每一尾词
都给拖上来吧，通过一条
锚定于结巴的磷火中的
黑独木舟充满乡愁的一掷。

捕蟹渔民的火把
随曲折的海潮线[2]蜿蜒，
一朵云纸烧得焦黑，
散发一股煤油味。

多刺的星给西比尔
黑色的呼喊晕染了光晕：
“Apothenein thelo[3]
我渴望死。”

---

① 诗行（Line），也有“鱼线”的意思，两者是双关。
② 这里的“线”（line）也可以双关诗行。
③ 拉丁文，意为“我渴望死”。艾略特的《荒原》引用过这句话。西比尔是希腊神话中的女预言家，向阿波罗求得长生，却忘记要求保持青春，最后变得老态龙钟，却死不了，所以她最想要的是死。

但诗行，活在无知的浅滩
所使用的声音[1]里吧；
然后，把银光闪闪的名词
掷入张开嘴的独木舟。

① sounds（声音），原文有“鱼鳔”和“鱼针”的意思，还有“海湾”的意思，这里可以理解为多重双关。

给诺兰[1]

此后的蓝灰色早晨，
这片海滩将失去
被无休止的潮水用海绵
不断抹去的诗行[2]，

其他人会来到这里，
从还在沉睡的屋里出来，
喝咖啡的马克杯被他拿来暖手，
我的身体也曾那样夹住你，

为了记诵这个属于
一只啜盐的燕鸥的段落[3]，
如同有些文字，一旦被人喜爱，
便很难翻页。

---

① 诺兰（Norline Metivier），沃尔科特的第三任妻子。他们 1976 年结婚，1993 年离婚，本书初版在 1987 年，从诗中可以看出他们的婚姻此前已经出现了问题。

② 这里的“诗行”双关波浪线。

③ 段落（passage），原文也有“逝去”的意思，这里应该也是一个双关。

别处

致奥登的悼词[①]

一

可以肯定，那张刀刻般的脸
会强烈地抽搐，对我们
庄严的废话表示厌恶，
对我们把他经典化的笑剧皱眉头，
斥为自我吹捧，满篇的
虔敬和势利眼。

然而，在这个秋日之夜，
它也许会原谅我们，违背它的意愿，
齐聚一堂，坐在刷漆的长凳上；
就好像，地图回忆国家，神态
定义一个人，而他的神采
现身于我们的恳求之中。

每条大理石皱纹都是平实的，

① 1983年10月17日朗诵于纽约圣约翰大教堂。

如同乔托[1]画作里的地面，
和这座圣坛相得益彰，
扭曲的嘴部被痛苦的框架固定，
蜥蜴之眼，恪守如下箴言：
矛盾互相抵消。

因为后来人的声音
将会在肉体的奥登离去之后
从所有尚存的东西中发现喜悦，
即使蜡烛点亮的基希施泰滕[2]
腾空它的时间租客、它的
负担，再过去几个世纪；

因为我们所珍视的，
同样也是我们自己的命运，
被他奇怪的到访之光所凸显，
当我们离开这暗黑的教堂，
站在夜晚的马路上，
看到一片飘落的

六翼天使树叶，给一盏路灯
发散的弧光签名，然后

---

① 乔托（Giotto di Bondone，1267—1337），意大利文艺复兴时期的大画家，被誉为欧洲绘画之父。

② 基希施泰滕（Kirchstetten），奥地利小镇，奥登去世后安葬于此。

投入自私自利的未来，
我们的脚步在黑暗的马路上
回响，陪伴这脚步的
是他与我们同在的影子。

秋天，是小型战争发动
醉醺醺的攻势的季节；天空转动
如卷筒扫描仪；
但是您，九点准时退席，
懂得战争如同自由体诗，是
坏礼仪的标志。

今晚，当每扇雷达锅
都在用波段部署其扩音的
炉边演说[1]之时，
我们却把您的谈话藏在心里，
一个内心的声音，交缠、牵连，
成为我们的救赎。

二

在您的沉默那扁平的
世界里，言说造成的裂缝
愈合了。海滩上，一只矶鹞

① 影射二战期间美国罗斯福总统影响深远的炉边谈话。

蹦跳着签写潮水的边。

不久，一群雁离开呼啸的
冻原，沿着地球的弧度，
将会在青柠香味的黑暗中
找到正确的印度群岛。

我们的动词变位，大师，
还是建立在翅膀的拍打节奏
给予我们的楔形字母
以形式的基础之上，

虽然碎纸机愤怒的嗡鸣
在霓虹灯点亮的整个下午
持续不断，日冕引导了
大地和一枚暴躁的月亮的婚姻；

表针跳动的大角星没有，
土星那肉眼看得见的嗡鸣
也没有，在各自的圆盘之上
合唱一首祝婚歌；

太空站距牛顿的
力学平面越远，
人和自己的对话

就越多。

有一次，经过法衣室的
木屋，沿殖民街区再往前，
卫斯理①升高的和弦，强悍
堪比那些矿工的歌喉；

虽然您的帝国罪恶累累，
我背叛它的同时也认同它，
毕竟，正是在那里，我从
英语这门语言初领圣体。

正是这样的剥夺
让拥有获得了快乐，
严肃如《诗篇》② 和《教训》③
让我懂得了您的诗歌。

三

薄暮时分。一群灰鸽子
在圣马可广场④的石板上饱食。

---

① 卫斯理（John Wesley，1703—1791），基督教卫理宗的创始人，曾在北美殖民地乔治亚州的萨凡纳等地传教。

② 指的是《圣经·诗篇》。

③ 奥登有一首诗名为《教训》（the Lesson）。

④ 此处指的是位于纽约市的圣马可广场，离圣约翰大教堂不远。

一张脸吓到我们，它的纹路
好像是从太阳逃逸的火。

您趿拉着拖鞋的影子
怜悯它掠过的那些围栏，
随着西缅之颂[①]的歌声照亮
这座它仍热爱的城市。

哦艺术，它奇怪地，只
选中了一张嘴为所有人代言，
哦没有黑暗会拒绝的光芒，
哦不可穿透的空间，

请在群星之间，定住
我们在此尊崇的那朵火花，
它星系般广大的耐心
重复着他那世俗的祈祷，

祝愿这座城市公正，
祝愿人类仁慈。
一艘遍体铁锈的驳船航行于
伊斯特河[②]的风中，

---

① 西缅之颂（Nunc Dimittis），拉丁文，意为“让我在安宁中离世”，是一首颂歌，摘自《圣经·路加福音》（2：29）。

② 伊斯特河（East River），纽约市内分开布鲁克林和曼哈顿的海湾。

而所有河流的河口
都是静止的，港湾里，
船的尾迹闪烁着，赋予
匠人以平和的天才。

别　处

（给史蒂芬·斯彭德①）

某个地方，一匹白马鬃毛
飞扬，绕着马场，一圈都是
铁丝网围栏，人们砸石头，
或者把干草堆绑成草垛。

某个地方，女人们厌倦了
罩着面纱的海哭泣，因为渔民的
平底船还在出海。天蓝风静。
某个地方，他们厌倦了酷刑发生。

某个地方，有人被逮捕了。
某个地方，卡车收获了一场
尸体的小丰收。士兵们在路边
休息，在森林里抽烟。

某个地方，正在举办讨论会，
对暴行表示愤怒。某个地方，

① 史蒂芬·斯彭德（Stephen Spender，1909—1995），英国诗人。

一页纸被撕掉，树丛不知怎么
看起来不再像树叶而是迷彩。

某个地方，有一位同志，
一位睁大眼睛躺在床垫的
棉褥上的作家，不会读到这里，
也不会写。怎样造一个猪圈[1]？

我们在此自由了一段时间，
但地球三分之一或七分之一的别处，
一份总结报告的枪托砸破头颅，
砸出关于天堂的观念，那里

没有什么是自由的，蓝天
是脆弱的纸张，不管我们写什么，
都会被盖上两次戳，一张蓝色信纸
被国家的裁纸刀割开了喉咙。

透过这些黑色的栏杆
空洞的脸庞茫然凝视。手指抓住
这些诗节的横木条，在此
而不在彼，因为在别的地方

① 猪圈（pen），原文也有“笔”的意思，两者都讲得通，但根据上下文，意为“猪圈”的可能性大一些。

他们的凝视微微地沉入
薄雾的遗忘，好像你的电话簿里
那些身份不详的号码，让你
迷惑。好像去年的大屠杀。

世界无可指责。更黑暗的犯罪
在于把良心发展为一种功业，
通过我们自己的神经，感受冬日枯枝
无声的呐喊，以及被解释为显灵的奇迹。

蒸 汽

(给莱斯利·爱泼斯坦①)

披面纱的女人“嘘嘘”地赶麦茬地里的
乌鸦，像一串字母腾起，又呈万字形落下。
一颗红星在镰刀刃上闪烁，同一个女人
把七枝烛台折叠起来，塞进床垫。

一个铜色黄昏，有个犹滴②女在剥洋葱，
剥得只剩心。黄铜刀柄嗡嗡地诉说信仰。
拳头隔了手套重击厨房的门。她缓缓开门。
荷罗孚尼的头在削皮刀上已经腐烂。

我记得一把鸟骨的奶奶，伴着满载的轮轴
那吱扭声呀呀哼唱。音调高低不定。
自行车，手推车，婴儿车，田头浓雾里跑了
一周的四轮马车，一道将会流到地球尽头的

① 莱斯利·爱泼斯坦（Leslie Epstein，1938— ），美国作家，二十多年来一直担任波士顿大学创意写作主任。

② 《次经·犹滴传》讲述了犹太寡妇犹滴接近亚述人的统帅荷罗孚尼，并割下他的头颅的故事。

小溪。带着星星口络的鼷鼠能嗅到
我们要来的味道，所以会悄悄撤走，
把它们的绒毛皮卷为手套，塞回鼠洞。
漫天星斗什么都不做，但却观看。

如果你的名字听起来怪异，那么你就
来到了外省。他们吼我们，排队点名，
在某个被乌鸦统治的斯特拉斯①，
小雨清点我们的头颅。我们成了总和。

我相信 10。它就在我手中。多于
1 000 000 的话他们便像螃蟹一般抓瞎了。
那些秃顶的零加起来，变成一个谎言，
变成虱卵，钻进孩子发式的沟壑。

但艺术与我们同在。我们的衬衫
是塞进火炉的乐谱手稿的小节。
通过双簧管一般烟熏过的空眼窝，
我们听到贝多芬悠扬的谐谑曲，

然后拥抱，像害羞的亚当。贴瓷砖的
角落里，烟道嘶嘶作响。上帝啊，如果我们
感到被弃，请原谅我们的鬼魂认为奇克隆②桑拿

---

① 斯特拉斯（Strasse），这里应该是德语的“马路、大街”的意思。
② 奇克隆（Zyklon B），是一种氰化物杀虫剂，二战时被纳粹德国用来屠杀犹太人。

抹煞了您，我们是以您的形象造出来的。

人们像雾中的树，仍扛着叉，
穿过一块犁过的田垄，田边的肥堆
或煤气厂，升起团团浓烟，遮蔽地球，
让晶莹透明的事物变得昏暗。

开裂的窗户可以降低蒸汽浴的
温度，减少镜面上的卷发；
拔起了塞子，以鹅卵石为底的洗澡水
冒出的光秃秃的零将咕噜噜地消失，

但土豆田的雾，约翰·韦伯斯特
称为“一团正常的迷雾”的错误[①]，浓缩为
浴室镜子上顽固的水汽，无法被清洁，
即使那些画圈的手速度更快[②]。

---

① 约翰·韦伯斯特（John Webster，1580—1632），和莎士比亚同时期的剧作家，引文出自他的《马尔菲的公爵夫人》第4幕第2场，“Their life a general mist of error”，意为“他们的生活是属于错误的一团正常的迷雾”。

② 指的是毒气室里的犹太人徒劳地扒着玻璃。

中美洲

直升机在切割野香蕉林。
尼古丁熏黄的拇指和食指间
脆弱的脸庞蜷缩如烟草叶。
穿背心的孩子们蹒跚行进，弓着腿，
小虾米盘踞在肚脐下卷曲。
老人的牙齿像火烧林的残桩。
皮肤皲裂如同蜥蜴。
目光仿佛蓝灰石。
女人蹲在河边的慰藉里，
下河的孩子们，水打到膝盖，
一根木棍惊飞扑闪的蝴蝶。
那里，在森林的蓝田上，
苍蝇绕飞他们的父辈。
到了春天，帝国北方的
一些省份，光秃秃的枝条间
有黄色唐纳雀掠过。
这些遥远的地方亦无不同。

罗马的和平

老迈的奥古斯都，像日耳曼森林
飞坠的树叶，呼唤他被打败的军团
从笔直的柱廊下来。这一场败仗的沮丧
超过了以往全部胜利的喜悦。是的，
活着的传奇，退缩于狂躁和疾病。
带锈的火把放大了他去上床休息的
影子，他的拖鞋擦地
仿佛一根棍子犁过腐烂、皮质的树叶。
他用力把枯萎的枝丫伸入
棉睡衣的袖子，祈祷能睡个好觉。
一杆蜡烛的独矛守卫他的睡眠。
罗马的大理石镇定，安居于他的胸膛。
斯芬克斯用无睑之眼盯视沙漠。
我的军团，我的军团，让这老人哭泣吧——
坟墓，比年轻的亚历山大的叹息更浅。

觅食、破剑、火亮的铁
如舌头躺在刀鞘里。一只蝙蝠
在奶白色的庭院上盘旋，一枚
快磨平的硬币迫着群星

飞向德国，在那里，军团的长矛
自从那次可耻的战争，全都没于草丛，
伤口被苔藓缝合。一只猫头鹰
圆睁的双眼盯视、啜饮月光。
猫头鹰而已。不是密涅瓦[①]。
王座，没有屁股坐暖，拉长了影子。
老鼠吸着鼻子提出一个问题，
因怀疑如此的和平，树叶似的从墙上急坠。

① 密涅瓦（Minerva），罗马神话中的智慧女神和战神，身边栖落的猫头鹰是思想和理性的象征。

萨尔萨舞曲

莫洛城堡[①]有只独眼，一道缝。
由灰色的硬石垒成，戴了一个帽檐，
神似西班牙征服者刮破的头盔。
这些日子，周围没啥事发生。
棕榈叶锈蚀，如一把卡斯蒂利亚[②]宝剑。

但是，那里的女人，若是印第安人，
会有着石榴红的皮肤，黑橄榄的眼睛，
头发闪着乌鸦翅的蓝光。
那里的印第安人是托尔特克族[③]，还是别的什么，
我忘了。但是在华美达假日酒店，
大堂里绿植加喷泉，如羽饰，
一支萨尔萨乐队唱道：

“哎呀，天哪，美国佬！

---

① 莫洛城堡（the Morro），指的应该是波多黎各圣胡安老城的城堡，建于16世纪。

② 卡斯蒂利亚（Castilian），西班牙的别称。

③ 托尔特克族（Toltec），800—1000年兴盛于中美洲的印第安人，信仰羽蛇神。

这里变得像纽约啦！
像迈阿密啦，我的朋友，
匆匆的棕榈说外国话。”

迦太基锈迹斑斑的白墙下，
一棵树阅读沙滩的手掌，
但文字消失得太快；戴草帽的乐队
演奏虐心的“玛拉盖尼亚”①，
一只阔步的小公鸡披着羽蛇神的
翎毛，发黑的棕榈叶是被土匪
烧烤的牛，与希尔顿的棕榈叶一样。
每天黄昏传来浅滩
响葫芦般死亡的沙沙声，
刮来一阵风有如竹哨，
那是草地里骸骨的木琴声。

① 一种流传甚广的西班牙弗拉明戈风旋律，被改编成很多不同风格的歌曲。

旧共和国的星期日

一座大教堂的前立面
被光线分隔成橙色条块，
拱门呈扇形，玫瑰色，
一驾饰黑穗的马车

哒哒地从几个世纪前
驶来，穿过一道道黑铁门，
进入那个透过铁门肋条
呼吸的公园，女仆

叫骂她们在人工湖区
附近乱窜的孩子，湖面上
飘着挤作一团、闲逛的百合，
一个留胡子的世纪末①

把胳膊停歇在一个铸铁
长椅的胡须卷上。绸帽子，
云朵揉皱的亚麻外衣，
还有蜻蜓，它的薄纱翅膀

① 这里用的是法语 fin-de-siècle，指的应该是一个象征世纪末的雕像。

好像彩虹那样淡去。
谎言。从来不是这个样子。
在阳伞的伞骨里
从来没有过什么和平，

因为和平只存在于
想象中的共和国
那树叶荫蔽下的散文里，
它的印象主义画布上。

沿着小路，那条桃色的
老路，一个耍猴人的
手摇风琴响着，一只眼睛
贴了膏药，他的小猴

问号似的尾巴摇摆，
眼睛似乎总是惊讶于
系在它腕上的锁链，
惊讶于奶妈们的叫喊，

冲着逐渐暗下来的
草场边玩闹的孩子们，
那里，一只天鹅带着几只
小天鹅，游得越来越快，

顺着寒冷的水流。

法国殖民地，“诙谐诗”

我不能看老兵的眼睛
或外交官的眼睛，我不能完成自传性的
散文或历史的片段，也不能沿着
歌剧一样冗长的大街漫步。

多年前在哪里读过的莫洛亚[1]
或莫利亚克[2]——但不是马尔罗[3]，
阴郁的马克思主义者，《人类命运》的先知——
纠缠着记忆，确切日期忘记了，

他把一件艺术品的对称性
比作沙漏。法国人擅长搞这些
东西；每两个青蛙[4]就有一个笛卡儿[5]：

---

① 莫洛亚（Maurois，1885—1967），法国传记作家、小说家。
② 莫利亚克（François Mauriac，1885—1970），法国小说家，诺贝尔文学奖获得者。
③ 马尔罗（Georges André Malraux，1901—1976），法国作家，戴高乐时期任法国文化部长。作品有小说《人类境况》等。
④ 青蛙是对法国人的蔑称。
⑤ 笛卡儿（René Descartes，1596—1650），法国哲学家、数学家、物理学家，西方现代哲学的奠基人，其最著名的论断之一即“我思故我在”。

我思故我在，地道的蠢话。

我记得马提尼克岛[1]舒适的殖民风
气氛——烟草、遮阳棚、标致车、粉衣宪兵，
他们对一种语言的骄傲感，这语言
我可不敢像爱打手语的棕榈那样随便说，

尤其是当着阿尔及利亚和奠边府——
他们那令人作呕的传承感和秩序感
以约瑟芬[2]和舍尔谢[3]雕像为中心，
那是一种憎恶水的文化，

用正确的品位污染了一切——
灯光、鸡尾酒、印在烟灰缸上的“沁扎诺”[4]。
我们那个小城即得名于卡斯特莱侯爵[5]，
和那位败给越南的法国将军[6]同名。

---

① 马提尼克岛（Martinique），法国的海外领地。

② 约瑟芬（Josephine Bonaparte，1763—1814），法国皇帝拿破仑的皇后。1859 年拿破仑三世在马提尼克岛为约瑟芬塑像。据说约瑟芬是赞成恢复奴隶制的，1991 年雕像被砍头，喷成红色，2020 年雕像被推倒。本诗写作于 20 世纪 80 年代，约瑟芬的雕像还是完好的。

③ 舍尔谢（Victor Schoelcher，1804—1893），法国废奴主义者、作家，曾在马提尼克岛任职。

④ 沁扎诺（Cinzano），一种意大利产的苦艾酒。

⑤ 卡斯特莱侯爵（Marquis de Castres），1756 年远征圣卢西亚。

⑥ 指的是克里斯汀·德·卡斯特里（Christian de La Croix de Castries，1902—1991），奠边府战役中任法军司令。

这些都不重要。如今唯有女歌手
能媲美一个帝国的伟大。一个沙漏。
这就是为什么最对称的数字是 8——
一对圆翅蝴蝶，且不说眼镜。

咪咪，自杀临界

有人跟她说，她有过一双悲哀有趣的眼睛。
然后，没有然后了。她来到一座桥边。
研究河流中一圈圈有趣的染料。
必须下去参观一下。多好的职业发展：
奥菲莉亚，伍尔夫女士，还有那个女性主义垃圾[①]。
这是更好的结局，相对庸常的外省之爱：
湿漉漉的人行道，湿透的棕纸袋。

---

① 奥菲莉亚（Ophelia）是莎士比亚剧作《哈姆雷特》中的人物，沉河而死。伍尔夫女士应指英国作家弗吉尼亚·伍尔夫（Virginia Woolf，1882—1941），她在衣兜里装满石头，跳河自杀。“那个女性主义垃圾”具体所指不详。

名　望

这就是名望：星期天，
一种空虚
如巴尔蒂斯[①]的画，

鹅卵石小巷，
阳光，金色，
一道墙，一顶棕色尖塔

在街道尽头，
一片蓝，没有钟，
像单色调画布

嵌在白色画框里
边框装饰了花：
剑兰，蹩脚的

剑兰，花瓶里的
石花。合唱队

---

① 巴尔蒂斯（Balthus，1908—2001），波兰裔法国画家，

高耸入云的赞美

被关掉了。一本
印刷品自己
翻页。高跟鞋哒哒哒地

踩着人行道。
一座匍匐的钟。
一种对工作的渴望。

明天，明天

我记得严格说来从没去过的
城市。银色血脉的威尼斯，有着
太妃糖卷式宣礼塔的列宁格勒。巴黎。
很快印象主义者会从阴影抽出阳光。
哦！还有海得拉巴①眼镜蛇般伸展的小巷。

仅爱一道地平线，是岛国狭隘；
它会蒙蔽视觉，局限经验。
精神积极向上，头脑却是肮脏的。
肉体在缀满皮屑的床单下消耗自身，
靠杂志来扩展世界观②。

门外是整个世界，但多么令人沮丧
站在冷冷的台阶上，身边是你的箱子，
当曙光染红砖墙，在悔恨涌来之前
滴了一声喇叭的出租车滑到路边，
如一辆灵车——就这样，你钻了进去。

---

① 海得拉巴（Hyderabad），印度中部的城市。
② 这里用的是德语 Weltanschauung，是德国知识论哲学的一个概念。

溪　流

每当太阳雨
从大脑后部的黑山丘
拉出挂着水珠的拖网时，
我总听到一个如此的威尔士，
大风吹得它飒爽清新。
一片片牧场亮堂起来，因为听到
被小雨之针所刺的绵羊的消息，
以及威尔士，从湿漉漉的板岩到城堡，
它的全部的绿色起伏，
矿渣山上淅淅沥沥的声音
伴随我母亲那寡居的、木质的
粗嗓门而升高，
而酒吧变成了教堂长凳，
吐露艾酒之舌的火光熄灭了，
当谈起塔列辛①的时候。

那里条条溪流闪耀如扣环，
互握的手腕，生根不动，

---

① 塔列辛（Taliesin），6世纪威尔士诗人，被称为吟游诗人之首。

天鹅绒的声音，笼罩我的听觉，
在云朵被照亮的沃汗[1]国里，
每一个顽固的双语标识牌上，
我都听到一种用湿漉漉的石头
和雾气打磨成的语言；
我在煤渣山下听到
煤黑色废奴主义者的愤怒，
而太阳下，一条小溪如撕碎的蕾丝，
穿着破烂的裙子，
顶着石南发辫，
骑奶白色公马的公主
弯下腰，探入那存在于
塔列辛语言中的落叶的刺绣。

但我看到威尔士的大罪，
我看到朗达[2]被矿石的沉默
所折磨，一张拖网
捞空了阿伯里斯特威斯[3]。
无烟的安息日，在破败的
屋顶烟囱间，椋鸟在煤灰里
漂移，小推车底朝天
趴在沙地里，没有赞美歌
从矿场黑暗的喉咙升起，

---

① 沃汗（Vaughan）是一个源自威尔士的姓，本意是“小”。
② 朗达（Rhondda），南威尔士的一个城镇，以煤炭业出名。
③ 阿伯里斯特威斯（Aberystwyth），威尔士的海滨城市。

如果，在此之上，尚有一只
云雀的歌，它便是唯一的
引擎，输出“做一个朝圣者”[1] 的
动力，行驶在天堂般的
塔列辛的国度。[2]

我辨识出了殖民境况。
在我们的海港，绿色的
卸煤厂，一座座无烟煤的
小山，而我们在硬硬的教堂
长椅上祈祷，听到布道声，
和一座座码头同样空虚，看到
成群焦躁的矿工吟游诗人的
面孔，他们站在湿漉漉的
卵石路上，脱下病号帽，
那是傍晚的传道会；
如果歌代表了初次服膺，
那么我正在童年信仰的乐句中
共鸣，当我因为太阳雨
走向威尔士的绵羊、湿润的山丘，
踩着塔列辛的竖琴草。

---

① 约翰·班扬作于1684年的一首歌《朝圣者的进步》（*The Pilgrim's Progress*）中的歌词。

② 本节14行，其余三节都是15行，本节不知何故少了一行。

冬日的灯

天黑得早了？没有
下午的这些日子，
它们的灯像牧师杖，
问着同样的问题。

“你会站在台阶上
嘲笑我摸索找钥匙吗？
你卧室的镜子是否会
整天空无一人？”

雷鸣似的交通
震落一座桥的积雪。
浮冰因婚姻缺陷
出现了裂缝。

风拍着我的肩膀，
让绿灯的我给他先过；
蹲伏的发动机，
在起跑线上颤抖。

从人行道的污雪
到我们黑漆漆的房子，
一路经过关门的教堂
及其营业时间，

树木如骷髅，沿着
其间火烧的过道，
没有迹象表示这里有过
主教的火红法衣；

手指苦于滑囊炎，
在一道白栏杆上收缩，
巨大的虹膜
因白内障变灰，

愿望在我身前
提早进入每个房间，
按下一个个开关，
进入自身的欢迎状态；

作为大街上裹着
厚围巾的幢幢黑影之一，
我经过一扇扇橙色的窗户，
里面运营着婚姻，

我用舌头之耙扫过

胡子，那味道不像是
舔了你的嘴唇，而是
冰冷壁炉里的灰烬，

灰白、酸苦，像是
桦木之类烧出的余灰，
给根根竖立的睫毛，裹了
一层缓释神经痛的面膜，

如传染性的苔藓
增殖它的白色细胞，
我们白色的公寓大楼
和那座医院一样破败，

在那里，我们失去了孩子，
当我透过玻璃，看到
盖着白床单的妈妈们的
魂灵，从眼前经过的时候。

雪在栏杆上越积越高，
一道道黑铁的栏杆尖头
被积雪缩短了长度，
成为短粗的箭头；

布鲁克莱恩[1]，白雪的
大平原上，身影在风中蓬乱——
低头弯腰，好像野牛，
每年都要瘦削一些，

在这个第二冰河纪，
被布道者炽热的怒火
和穿白大褂的科学家
所预告过的异世，

终于过了最后一盏
路灯，站在暗褐的门外，
我感到冬天的钳制
比以前更紧。

蛛网似的锦缎
在玻璃上布满冻住的蕾丝；
一直到悲剧隆起的面具
在我们的笑剧舞台上

打了一个喷嚏，
石膏的粉末才落下来，
好像一层沙发套
裹住波士顿，

① 布鲁克莱恩（Brookline），美国波士顿都会区的一个小镇。

比一把用力凿的矿镐
更快，我都能看到
天上我们凿穿的黑洞。
我在台阶上挨个蹭

靴子底的脏雪。
敲打冰雪焊死的门。
我无法打破它的枷锁，
直奔地球内核的火。

我一天比一天害怕
你挂在那里好像问题似的
一排服装，一把发簪的
爱情刺穿了我。

钥匙怎么都插不进。
不是它膨胀了，就是
铜锁收缩了。我使劲地
扭门锁。然后斜倚着，

大口喷吐烟雾。绝望
可以很广阔，能把北极
染白，但很明显，
当我终于破门而入，

那也确实不是世界的
末日，而是我们的，
我已经受够了所有的
没有你在身边的爱。

炉子冷冷的火光
再次冲着电视新闻冷笑。
我把我们的被子叠平。
没脱鞋就躺在上面。

床边，我的旧咖啡杯
积了一处处的黄垢。
我忘了买盐。
我站着吃饭。

我的信仰迷失于答案，
迷失于苹果、炉光和面包，
迷失于窗户，窗上的枝条
让你感到寒冷、厌倦。

为艾德里安而作

（给格蕾丝、本、朱迪、朱尼、诺兰、

恺特恩、詹姆、斯坦利及戴安娜）

看吧，你们会看到家具漫漶不清，
衣橱仿佛日落那般没有实质，

我的目光能穿透你们的叶片组织、
脉管后的光；你们为什么哭个不停？

日子恍若尘土，筛过光的手指，
或沙坑里一个孩子的手印。看到星星，

你们会掉下眼泪吗？凝视大海，
你们的心难道不是满溢的吗？是否认为

你们的影子能横跨沙漠？听着，我是一个孩子，
我没邀请，也没发明天使。做一个天使

不难，谈论我八年生命之外的经验，
具备更多圣处女的权威，去认知，都不难，

因为我已进入智慧，而非沉默。你们
为什么怀念我？我并不怀念你们，姐妹们，

不怀念朱迪斯，头发招摇如豹鬃，
自豪于她年轻的风采，也不怀念恺特恩，不怀念

坐在痛苦角落的詹姆，不怀念我的姑妈，
她柔和的眼睛曾安慰过这些诗行的作者，

我不会伤你们的心，你们应该知道的；
我不会让你们痛苦，你们应该知道的；

我并没有受苦，但很难明白这一点。
我更聪明，我分享的秘密，不过是沉默，

给地球的暴君们，给那个把垃圾
堆满吱吱响的购物车，在黄昏的广场

拐过街角的人。你们错估了我的年龄，
我既不年轻也不衰老，不是孩子，也不是

尚未开放便被扭断的花蕾，我是飞奔的
狮子身上肌肉的一部分，是一只在黑暗的蔗田

低飞的鸟儿；你们在我们面前无声地哭嚎
仿佛雕像，在这悲伤中，你们称作再见的东西——

但愿你们能听我说——是异类的欢迎，
你们把它分享给我，就会知道我说的没错。

我记录的这一切，都是这孩子从我体内叙说的。
就仿佛他即将关闭的坟墓是大地的笑容。

1986 年 4 月 14 日

通行证[1]

里尔克扶摇而上进了天堂。
在那之后，是帕斯捷尔纳克。
一位与炽天使一道吸烟，
另一位则返回了人世，

踩着冰冻的池塘，
塘边是竖琴那么宽的柳树，
他的灰色前额如公马，
他的心如阿赫玛托娃的心，

仿佛冬日里一匹灰色马，
穿过厚厚的、打转的雪花，
随着这张越来越白的纸
来到此处，昂昂嘶叫。

① 标题来自帕斯捷尔纳克的自传《通行证》。

降灵节

最好脑中是森林
而非寸草不生的水泥。
最好在萤火虫蜿蜒的
街道，陷入迷惑；

冬天的路灯不照
人行道消失的地方，
这些雪花的舌头，
也不代表圣灵说话；

词语自我增强的
静默，从屋顶落下，
沿铁栏杆指向的不是
证明，便是方向。

但最好的还数夜潮
连同沙子缓慢的经文，
派来一只迟到的
鸬鹚，而非六翼天使，

鸬鹚渐远的叫声
通过鳞光闪闪的浅滩，
驱动一种我童年的福音书
称作灵魂的东西。

年轻的妻子

（给奈杰尔）

整理好你的悲伤。
松软的枕头，抚平
她喜爱的床罩吧。
给哀悼她的人写信。

黄昏，下班后，
游移于一个扶手椅的山脊，
沙发上阴影的峡谷，
垂幔死去的茂密叶冠。

哦，但是镜子——那面
你相信把你看作背叛者的镜子，
虽然你也这样看待自己——
起雾了，尽管你已把它擦干！

墙纸上的蓓蕾，听到
决不能让孩子们听到的
压抑的抽泣声，不会颤抖，
你不敢开抽屉也是为此。

她走了，和那个坐在
她身边的访客，仿佛风
咔嚓一声关上卧室的门；
他们手挽着手，走了，

留下结婚照不顾，装在
蕾丝边的相框里，一张脸
冲着自己笑。电话
没有了声音。在坟墓

更重的这一边，我们
承担的重量不带来任何安慰。
但身着蕾丝白礼服时
所发过的誓言，已把你

带到了它所承诺的最后
阶段；如今，对某人来说，
山楂树篱上的钩状花苞
绽开的是幸福的花朵，

而心开的花则是悲痛。
阳光斜照在厨房地板上。
你一遍遍把刀叉放在
她的位置，准备用晚餐。

孩子们聚拢，占据
一把椅子挪走空出的位置，
没有什么取代她，被爱，
如今，被更深地爱着。

孩子们接受了你的解释。
他们的笑让你吃惊。
她面带微笑坐在那儿，证明
癌症能杀死一切，除了爱。

夏日哀歌

一

辛西娅，我们做了什么啊，
解开的三角小背心，从
晒黑的双肩滑落，我们的手
变得越来越大胆了！

颤抖着，我解开它，
两个四分之一的白月亮
像画布上的蒙板层层剥落，
燃烧那些下午的时光。

我们在水中合为一体，
而海葡萄丛里，一只鸽子
咕咕咕叫，惊讶于
不断变化的爱的形状。

时间把整座岛借给我们，
如今，热气和形象消退了，
像泡沫的花边，像肩带

在晒黑的肩上留下的白印。

每一个裂缝都结晶了盐，
每一个太阳暴晒的日子里
我都从坏死的皮肉上
剥下纸一样的组织；

冲着重新涂油的皮肤
吹口气，它便皱缩为羽毛，
我觉得爱还能更新
自身，开始一段新生活。

风平浪静。帆影全无。
大海好像卷烟纸，被一片
红指甲熨平，然后折为
一个皱巴巴的小方块。

海湾如闪光的锡箔，
水面的褶皱似木刨花；
所有的海滩躺椅都有人，
但海滩却空荡荡的。

蛇把它的老问题
挂在榄仁树或苹果树上；
她的乳房是我休息的地方，

其余的[1]都是历史。

二

没有什么词比“加利福尼亚”，洛杉矶
畏缩的灯火，更有伤害性。在未完工的威尼斯[2]，
一幅壁画的预言被中断，看起来比它所揭示的
贡多拉[3]、宫殿、它自己的叹息桥[4]，更像赝品。
一座迁移至此的天堂，被涂鸦所淡化。

海滩卫生间的氨气比桉树的味道
还要刺鼻，空气中充满雾状物。
那时我的心装得下太平洋，如今，
成了又一片灰白荒国，污秽的浪花
随夏日夕阳、收音机、烤肉的浮华一闪。

这里也有旋转木马，绕着它生锈的地平线，
比荒废的游乐场更孤独，雕刻的白马
在那里吱扭扭停下，瘾君子们收拾家伙，去了
另一处海滩：马里布、旧金山、圣芭芭拉。

---

① “the rest”（其余的）和前一行的“rest on”（休息）是双关，所以这一行也可以理解为“那休息已是历史了”。

② 此处的“威尼斯”指的是洛杉矶的一个海滨区。

③ 贡多拉（gondola），意大利威尼斯运河里的小船。

④ 叹息桥（Bridge of Sighs），位于意大利威尼斯，但英国剑桥、牛津，美国纽约等多地都有同名的桥。

我们念着那些大街的名字，拉谢内加，
匹考[①]；我知道门面不代表真实，冒牌的
西班牙式正门，灰扑扑的棕榈叶扫把；我
急于推倒重来，从最新电影的巨幅

海报里发现诗歌，广告牌推广一台索尼，
可以确定那是一种新式生活，是第二选择
接下来最可能发现诗的就是赫兹、安维斯的
租车广告；如今，太多的歌包含“加利福尼亚”
这个字眼，好莱坞的H，太伤人[②]。

我无意贬低洛杉矶的灯火[③]。
我鄙视的是它对山坡上松树的点缀，
我盖着凉爽的床单鄙视它，但是废墟
也有权短暂开花，花怪也罢，但藤蔓新鲜。

有时，一首流行歌里的痛苦比全柬埔寨还多，
问题就在于此，心把爱放在一切别的
痛苦之上——切尔诺贝利，一场大屠杀——
世界的慢性污痕就在那里；无法清除。

---

① 拉谢内加（La Cienega）、Pico（匹考）都是洛杉矶都会区的公路。

② 好莱坞的英文单词（Hollywood）开头是H，伤人的英文单词（hurt）开头也是h。

③ 这里又是一个文字游戏：贬低、开玩笑（make light of），灯火（light），字面意思是“让灯火成为灯火”。

讽刺的是，辛西娅，我们永远无法拥有
另一颗心。我必须微笑，否则就死，所以才有这种轻，
才有这虚伪的精致，这些诗行之窗像亚热带沙漠的
时髦小店。我是否应停止玩笑，只为灵魂言说？
灵魂，难道她不是你美丽的、终极的明光？

难道你们的身体没有完美适配？
从骨到骨，奇迹般的调适和准确，难道
唇形，她喉咙之下的小井，当我用手
按住她湿润颈背时，没有轻易押韵？
她完美嵌入我的肋骨中，像一条船。

就此打住吧。让最后一行成为
收工后的空场。西威尼斯区的头换了新发胶。
博尔赫斯说，我们死时会变成书。我死了，
却并没有跻身为天使之城的任何一本书。

一首普罗佩提乌斯[1]风格的四重奏

一

塞克斯图斯·普罗佩提乌斯看到他那烧焦的
辛西娅从地狱之火升起，那力比多的火舌
隔了一个世界却说同样的语言，黑树毕剥作响，
他冲着那可怕的、披易燃薄纱巾的哑剧演员，冲着
深陷的眼窝大喊："我的辛西娅！"这个夏天，
我重复了他的呼喊。在海滨寓所里，云雀窝
迎着日出，挂在榄仁树上。
壁炉的石头烧黑了，心火扑灭了，
灰烬还在冒烟。一股洗碗布
烧焦的味道。地狱始于一颗火星。
早晨五点钟左右，冬日边缘的一个城市，
我被一阵诡异的声音惊醒，鸡鸣时分的火焰，
发亮的舌头吐出哀鸣的方言，这喑哑的声音
延伸出去，定义了一道蜿蜒的山坡，
它划破天空，吞没了薄纱窗帘。

---

① 塞克斯图斯·普罗佩提乌斯（Sextus Propertius，约前 50—约 15 年），古罗马诗人，是维吉尔的朋友，残存四卷本的哀歌。贯穿其作品始终的是一个名叫辛西娅的女人。

塞克斯图斯，这就是我们付出的代价，为了
床单下肩胛的峰峦，为了起伏的裂缝，缠着
颈项的天使的鬈发。公鸡刺耳的鸣叫
像撕裂一张床单，而且还用它的喙
啄着针脚。作为代价，她丢了一只耳环，
她的名字开头是辛，而您的是性①。

二

在意大利，想象：塞克斯图斯。穿鞋，
走在无法光脚走的碎石上，但这里，哪怕光脚板
也可以从浪的吸吮中，感到帝国历史的余音。
“死前你必须去一次意大利。”
辛西娅这么对我说，半裸着偎在床上，
而我保证，以圣彼得的名义，研究更多教堂。
但辛西娅，去看那些摹仿你的大理石半身像？为什么？
当我俩忙着把彼此身体刻入脑海的时候？
雕像本身也把生活置于艺术之上。
虽然卡斯特里港从来没有见过高狄②，
但曙光里的火焰木③蕨类和克劳德④笔下的一模一样。
“我们要去那儿，”她说，“我有钱。”

---

① 辛西娅（Cynthia）名字的开头 Cyn 读作 Sin，也就是“罪恶”“原罪”的意思，而塞克斯图斯（Sextus）名字开头的读音是 Sex，“性”的意思。

② 高狄（Antoni Gaudí i Cornet，1852—1926），西班牙建筑师，加泰罗尼亚现代主义代表，其建筑作品大多在巴塞罗那。

③ 火焰木（flamboyants），亦即 Poinciana，凤凰木，遍布新印度群岛的植物。

④ 克劳德（Claude Lorrain，1600—1682），法国风景画家。

白窗之外，面包树叶暗了下来，
葫芦悄悄地从瓢里挣脱出来，
营房[1]的围墙染上藤黄，像乔尔乔涅[2]，
但她以此激起了我的情欲。我看到她的纤影
在壁画上泛起的涟漪，在巨大的拱门下
低语，蜜色光芒钻入廊柱的毛孔；
此刻，庞坦湿地[3]的青蛙开始打鼓，
贡多拉驶过我们的床柱，船桨倾斜，
天花板荡漾导航灯的光影，仿佛摇摇欲坠的宫殿，
但即使为了你，你的普罗佩提乌斯也无法移彼为此。
我无法为同时擅美于两个世界，损害那些
只有一个第三世界的人；我的贡多拉是独木舟。
她的厨师刮去搪瓷盘上红鱼的白骨。

三

帝国崩塌，落入自己的地狱之渊，
家庭分裂、离婚、慢慢倒下的发射塔，
在惊异的占卜师和计算机的百眼巨人面前，
火箭翻滚为火球；辛西娅，躺在我们
最真实于自我的床上，这一切意味着什么？
当一条抽筋的腿躺着不动，又一次痉挛，
被归因于人为的错误。一个阿富汗哨兵的错。

---

① 此处指的是卡斯特里附近的维吉高地上的军营，由法国人始建于18世纪。
② 乔尔乔涅（Giorgione，1477—1510），意大利文艺复兴时期画家。
③ 庞坦湿地（Pontine Marshes），位于意大利。

我像安东尼①一动不动，手越过肩膀熄灭
狮形台灯。我不要帝国和月桂，除了你的手掌
我也不要棕榈②，我把它引到最能取悦它的部位，
虽然海平线烧得正红；你也不需别的舰队。
一座湿润柔软、长满金蕨③的小丘，歇着我的脸颊，
一条毒蛇吐着蛇信，盘踞在小丘的篮子里④。
早晨穿着白绒袍，光脚沿刷漆的台阶走下来，
很快大海的炉圈就会烧红，热气上沸腾着
哥伦比亚咖啡，你的普罗佩提乌斯
站在你凉爽的游廊里呼吸太阳的
开篇赞美诗，俯瞰小小的港湾，
他会把诗篇献给所有的恺撒，
诗行的罗马方阵集结，换取你那
冰冷的、张开的大理石之臂所蕴含的和平。

四

八月是以我们的太阳皇⑤命名的月份，
在它失去的王国里，当野土豆那长疯的
藤蔓怀着饥渴爬满沙丘，灼烧的沙滩

① 马克·安东尼（Mark Antony，约前83—前30），古罗马著名政治家和军事家，被屋大维打败之后自杀身亡。

② 棕榈和手掌在英文里是同一个词（palm）。

③ 金蕨（golden fern），金芦蕨，金水龙骨，一种蕨类植物。

④ 这里是把辛西娅比作了安东尼的情人，即埃及女王克莱奥帕特拉，传说她在安东尼兵败身死之后，用篮子里的毒蛇咬伤自己的手臂而自杀。

⑤ 此处指的是罗马帝国皇帝奥古斯都，即屋大维。

破裂如巨大的石灰华层岩，星星
燃烧于夜空，仿佛帝国遥远的火炬，
仿佛学童的拉丁文那样尚未连属成片的岛村，
你说“我从来没爱过年龄这么老的人”时，
我能感到一张铸铁桌下的凉气，感到
你伸出的变成大理石的胳膊的热度。
在此之上，假如你把奥古斯都的年龄算上，
还有我见过的一万六千个消亡的太阳，
尽管我们不同，不管何为不同，辛西娅，
为何你的普罗佩提乌斯从未如此快乐？
他在十月最后的秋色燃烧中写下这首诗，
迫使一挂风帆离我们的岛屿愈来愈远，
眼看他的诗如沙子漏下你的指间；
而你尊敬的塞克斯图斯，用的是另一种语言，
写在树皮上，这些怪异之树的字母瑟瑟响
而不是沙沙响，结疤的白桦、裹火巾的枝条，
写在它们的银色时代上，签名是普罗佩提乌斯，
最终，火烧林挺立于白雪，如字母挺立纸上。

墨涅拉俄斯[1]

林烟升起，模糊了大海。
一堆篝火低下它的目光。
很快，沙滩上会留下一圈
丑陋的灰烬。唉，有时，

我透过她的烟灰色眼睛
看到那白垃圾，依稀曾是
海伦：消磨殆尽，再无法
以她的罗姆人[2]方式争辩。

吉普赛式的一以贯之，
既瘦硬又热情，消逝了；
坚实的山与摇荡的大海
在太阳下重新安置。

我不希望她的诅咒加于
任何人：斩断脖颈，砍去四肢

① 墨涅拉俄斯（Menelaus），希腊神话中的斯巴达国王，海伦之夫。
② 罗姆人（Romany），亦即吉普赛人。

做成浮木，只因一道海浪
拉起它的带褶边的裙子。

我蹚过清澈、轻笑的浅水，
如今我没有披甲，没有理想，
我俯下身，让双手掬起的
空洞在我的伤口撒盐。

十年。浪费在争吵之中，
为了一个妓女的海灰色的眼睛。
在我下方，披覆珊瑚壳的
塔柱飘过，还有一只小海马。

愿主赐你欢欣，先生[1]（Ⅱ）

我看到基督在廉租屋里

——理查德·普赖尔[2]

纽瓦克[3]市中心每一处街角
都是圣诞之夜。东方三贤士
身着黑袍，抱着只剩五分之一的
甲基化酒精走来，妓女从门洞
黑咕隆咚的摇篮里什么都没勾到[4]。
一个疯狂的国王砸碎酒瓶，赞美
福利制度，“我要杀死那个混蛋”，
对没有工作的黑人街区来说，
天空充满了晶体碎片。

---

① 英国传统圣诞歌曲。

② 理查德·普赖尔（Richard Pryor，1940—2005），美国脱口秀演员。“我看到基督在廉租屋里”，可能是沃尔科特根据记忆写下来的，也有可能是普赖尔演出现场的不同版本。普赖尔在演出中嘲笑酒鬼说，他们和基督最熟，如果问一个醉鬼，基督在哪里，醉鬼就回答：“他住在那儿，廉租房里。”

③ 美国纽约附近的城市。

④ 此处“妓女”原文是 hookers，字面意思是“勾引者”“钩子”。“摇篮（crib）”也暗指基督出生的马槽。

一辆巴士冲出水的蜃景，
街灯幻化的一头河马，在烟汽中
哼哧哼哧行驶；霓虹炽热的盐酸下，
每个影子看起来都在踉跄——
摇晃着，好像一股尿，有些字母
缺损，灯不亮了——除了两个白护士[1]，
她们的使命，在黑暗中显得
更白了。离选举开始还有两天。

约翰内斯堡遍地是星光照耀的下等酒吧。
做出如下联想等同于反美主义。
把纽瓦克当做圣诞之夜，
所有人都是你的兄弟，甚至
这些人；把和平分批带给我们，
让纽瓦克上空的天堂不再有碎瓶子，
让它不要闪烁如门阶上的痰，
想到一辆驶过的车所售卖的日辉牌[2]
荧光贴，贴在保险杠上，画着
常绿的山巅，上方闪耀一颗金星。

神子之女，母亲、童贞女，
高楼大厦的苍穹为大，它的火光

① 这里有一个文字游戏，“有些字母缺损”原文是“some l tt rs missing”，亦即字母（原单词为 letters）缺损了 l tt rs，只剩下两个 e，两个白护士也就是两个 e，其他字母的灯是黑的，熄灭了，这里又引入了种族的双关。

② 日辉（Day-Glo），即美国德高彩色公司（Day-Glo Color Corporation）。

在酸水洼里闪烁，橱窗里的金星为大，
夜晚被虫蛀的黑袖子上面的黄星为大，
神穿着如此黑氅，肘部磨损薄如刀翼，
从贫民窟走出，上了华沙[1]来的
运牛火车；没有地方比纽瓦克市中心
更好地内在了神的降临，那里，三盏灯
对星光照耀的摇篮，对唱给小麻雀的
常青颂歌，怀有信仰：衣袂翻飞的黑人乞儿，
后面追着一颗白星，那是警车在巡逻。

① 这里指的应该是纽约的小镇华沙，而不是波兰的首都。

阿肯色证言

（给迈克尔·哈泼[1]）

一

在阿肯色州费耶特维尔[2]，
一面山坡长满了纪念性的
松树，守护在内战之中
为联盟[3]而战，死于某个时间
节点的南军士兵的石碑。
年轻的石头，脊背挺直，
胡须像苔藓那样卷起，
没刻名字；松林不时一阵
涌动，呜呜地按照名册点卯，
而他们被包围了一百年，
都在战壕里变形，化为了
松塔和松针，尚未解围。
在阿肯色，松锈越发

① 迈克尔·哈泼（Michael Harper，1938—2016），美国诗人。

② 费耶特维尔（Fayetteville），位于美国阿肯色州的城市，阿肯色大学所在地。

③ 联盟（the Confederacy），美国内战期间的南方联盟，北方称为联邦（the Union）。

严重，但在摇晃的松树
表皮皲裂之间，他们仍可
看到联邦军的制服蓝。

二

隆冬时节。沿 71 号
公路，黄昏在闪烁不定的
金属反光下败退，那是
缓缓卸甲的太阳投射于广告牌、
沿街铺面、交通标志的光，
是我那 17 块半美金的汽车旅馆
门上黄铜号码牌的光，
是我冰冷的钥匙反射的光。
时差反应和旅途劳顿
让我倒头扎进双人床里，
如扫罗，在去大马色的路上[①]，
躺在嘶鸣的马下，我躺着
不动，与扫罗一样，
直到我的名字重新进入体内，
通过防盗链拴好的门，
我感到黑暗进入阿肯色。

---

① 《圣经·使徒列传》（9：3）："扫罗行路，将到大马色"（和合本）。扫罗本来是基督徒的迫害者，在去大马色的路上转信上帝。大马色即大马士革。

三

我扭转视线，看 16 号
房间的赛璐特克斯[①]天花板，
穿着外衣，好半天都不脱，
等着钥匙温暖我的手掌——
电视、电话、女佣服务，
透过煤渣砖的孔，能想象
停车场什么样子——唤起了
对岛屿的思乡病，海岸的
流苏像极了芥末金床罩。
一只蟑螂穿过地毯的海洋，
划着小碎步般倒腾的桨，
来到一个它熟悉的南方，平静的、
水晶般透明的绿色浅滩。
我又开始研究墙上荡漾的余光
怎样消逝，取而代之的是
复杂的霓虹潦草的签名。

四

前台登记处，我俯身填
______先生这一栏，顿时
有了改名的冲动。

---

① 赛璐特克斯（Celotex），生产隔音板、纤维板、防水层的美国厂商。

相反，我一本正经维持这个
假装不管我曾经、现在是谁，
将来是谁，都没啥区别的游戏：
“您怎么支付，先生？现金
还是信用卡？”我错过了回答的
时机，说“实物交易，跟我的
肤色匹配”。但她的目光
是玉米的国土，眼睛是磨损的
牛仔布。“美国运通卡。”
一面三角旗画着尖背野猪，
挥着愤怒的獠牙冲锋。一绺散发
被吹了起来，如玉米缨，
在大堂靛蓝的暮色中拂动。

五

天黑得早，我迷迷糊糊中
闻到一阵松油清洁剂的味道，
一些事物也在远去：粗毛
地毯，铺松针的地板，
没有日历的墙
如今挂了霓虹的标志，
没有基甸[1]版薄皮封套的《圣经》，

---

① 基甸（Gideon），一个成立于美国的基督教福音派组织，旅馆抽屉里的《圣经》一般都是这个组织分发的。

没有床头灯，没有杂志，
没有胡子拉碴的小提琴手
锯那首《小棕壶》①，
也没有什么手册，展示
一眼就让人想起阿肯色的地标，
也没有山泉水的白色絮语，
架子上没东西，事实上没有架子；
只有墙上一道污痕，那是
两个从纠缠中解脱的自我的投影。

六

我用一根金属丝衣架把外衣
钉成十字架，脱光了准备洗澡，
看到另一个我，反射在
浴室的玻璃棺门上的全身像，
面带警惕。就在那刻，
我决定不刮胡子，不求赎救，
如果我能发现力量的话。
哦，一天的灰土，没有冲澡，
没有插座给苟延残喘的剃须刀续命，
浑身一股我本懦夫的气息，
让这里成为一次性剃须刀
和我自己的用完即扔的人民

---

① 这是一首作于1869年的酒歌。

同样适用的地方！
费耶特维尔的一道山岭上，
高于任何教堂尖顶，矗立着
一杆白热的电十字架。

七

它燃烧我脑海的后部，
它烧焦了夜晚的皮肤；
仿佛蜡烛重复被吹灭的
一瞬，在我关掉天花板的
顶灯之后，它还亮着。
那晚，我睡得像个死人，
或戒酒所里的醉鬼，像墙上的
苔藓，像一个失去爱
反而更幸福的情人，像
松林下的士兵，但我恐怕
醒得太早。四点。也许
是五点。我只能猜测，
根据我自己家的房子歇息时
我总随身携带的那只表[①]。
我打开汽车旅馆的门。

---

① 这句话有点费解，既然有表，为什么要猜时间？从上下文可知，作者从波士顿飞到阿肯色，波士顿是东部时间，阿肯色是中部时间，有一个小时的时差，再加上夏时制、非夏时制的变数，还有旅途劳困，一时搞不清楚几点也是有可能的。

那些沉睡的山从不翻身。

八

睡衣塞进外套里，
睡裤撑起松垮的外裤，
我需要点救命药——
凌晨五点的咖啡瘾。
没有公鸡冲后面的白色霓虹
十字架刺耳地打鸣，
阿肯色闻起来是甜香的，
像畜棚门刚刚打开。停车场，
汽车像隔栏里一匹匹吃草的马，
流着星光熠熠、金属光泽的汗水。
晨光淡化大片房舍，
呈现一片均匀的联盟灰[1]。
在公路对面的那侧，
一阵微风吹来，翻动一棵
白杨的叶子，页码到了
保罗哥林多人前书[2]。

---

① 南方联盟军服是灰色的。
② 即《圣经·哥林多前书》，保罗来到富庶但荒淫好色的哥林多传教，并致信那里的教徒。

九

柏油路，宁静似安息日，
被市政喷灌系统施以涂油礼，
71 号公路上交汇的白箭头
射出一条笔直狭窄的
通道。这些指向佛罗里达的
箭头像是被疲倦的印第安
武士们遗弃于血泪之路[1]，
但作为回应，却没有任何骚动，
除了两棵犹太拉比柳树
垂着尼古丁胡须，一件花格呢
外套，扔飞盘似的把报纸
从自行车掷到霜白的草坪上，
轮胎嘶嘶地嗤笑着
在黑榆树下传递谅解的和平，
拿撒勒[2]的早晨，是费耶特维尔
也是耶路撒冷的早晨。

十

酒精舞会上的隔帘抱——
扭屁股的摇摆舞，

---

① 血泪之路（Trail of Tears），印第安人被美国强迫从东南部迁徙到西部，无数的印第安人死于途中。

② 拿撒勒（Nazareth），位于巴勒斯坦地区的古城，相传为耶稣的故乡。

一种来自于枷锁的节奏——
我在墙角的草地等了
一会儿，忍着一股尿骚味儿，
让一辆巡逻的警车棚顶
那转圈的红眼珠驶过。
我看见全黑的车库里浮现
一位西比尔那光秃秃的牙床，
她一副汽车修理工的打扮，说：
听到阿肯色的警笛，
你得变黑，变得全不可见。
那些盘绕着充气泵的蛇
用金属的嘴巴嘶声说：
你的影子仍对南方联盟有害，
如李将军[①]缓缓倒转的剑。

十一

肚子饿了，没有什么
必须理解的东西。我看到一轮
白日之蛋，磕到凝固于费耶特维尔
上空的黑暗之壳，敲出蛋黄，
连忙加紧了脚步，路上
不时闻到保温砖上温着的
炸薯饼的味道。盛大的光线

---

① 此处指的应该是美国内战期间的南方联盟军的司令罗伯特·李将军。

向我疾步奔来，好像一只
杂种狗，希望能得到我
冰冷僵直的手的爱抚，
我祈祷 71 号公路往前
一切平安，平静的车道发灰，
通向一座交通岛，上面
趴着一头狮子，一根电线杆
和棕榈树斜斜地交叉。
世界达到了运转的温度。

十二

但刚过两个门面，一家
咖啡厅就提醒了我的种族。
一个酒鬼冲着塑料桌布
以匀速的语调咒骂，不肯抬头。
一个高个黑人厨师在摆放
糖釉饼，蜂巢色头发的
女侍者，嘴唇像裂开的草莓，
她的一声“早”甜似枫糖浆。
四顶**迪尔帽**[①]在谈猎鹿。
我张望着寻找自己的区域。
黑色的醒酒器咕哝着，可以

① 印有 John Deere（“约翰·迪尔”）字样的帽子，字样上还有一只鹿的图标。约翰·迪尔是一家美国农业机械公司。

满足我的全部需求；它可以叹息，
为了谢尔曼[①]一路放火，挺近
亚特兰大或蒙哥马利。我仍旧
无足轻重。一长串嘟嘟囔囔
冒泡的黑零之一，在此。

十三

如今，自我轻贱如此
轻易，要从一片刷漆的
桃花心木之湖所投映的脸中，
找到自己的座位卡
尤其如此。在一片肃静
杀死热烈行话之前，我是
笑得最响的那个。餐叉在盘上
叮地一声；咳嗽的枪击声
吓得垂着枝形吊灯的房间发抖。
一条明晃晃的胳膊摇着镣铐。
每张烛光反射的脸都盯着
种族的深渊。一把银勺子的
椭圆里，变形的窗户
歪进葡萄酒杯中，谄媚的
下水滋养了我的手艺，

① 谢尔曼（William Tecumseh Sherman，1820—1891），美国南北战争中的北方联邦军将领。他率军南下，一路放火，烧毁亚特兰大，再往南攻占了位于阿拉巴马州的蒙哥马利。

我看着明晃晃的喧嚷恢复如初。

十四

热咖啡打包，装进泡沫塑料杯，
我走入最近刚废除的法律管制下，
那条法律规定，在阿肯色，
黑人宵禁期出门，格杀勿论。
自由把脸转了过去；这个
雅利安之光的主张得到拥护，
好像日出搅动南非洲大草原上
狮黄色的植被。
它的针脚线闪闪发光，缝在
金色维特沃特斯兰德①的大脑中，
那里白云翻滚，好像布尔人②
晒黑的手端着的啤酒杯；
发烧的热潮席卷了世界。
在某个格子法兰绒的林子里，
一个年轻黑人③被绑在挡泥板上——
这是他们血液深处的本性。

---

① 维特沃特斯兰德（Witwatersrand），南非的城市，又称兰特，以金矿知名，南非货币因而简称兰特。

② 此处指从17世纪开始殖民南非的荷兰移民。

③ 年轻黑人（buck），也有“公鹿”的意思。

十五

我看到一个无尽的世界，
仿佛一条公路，两边有标志、
低矮的棕色汽车旅馆、汉堡店，
一个整洁的福音派小镇，
如今，通过谦恭有礼的橡树
指向其日程表的舒适度——
那些简单、敬畏神的人多么恐怖。
罪恶在这里是家常便饭，
跟善一样。我履行了诺言。
这里毕竟是南方，
这里的犁仍旧是剑，
红壤的尘土冲进嘴巴里，
它灰色的师团和大枣
在充斥松木香的空气里盘旋——
心在哪里迟疑了，
哪里就是真正的前线。

十六

每个门廊里的弱光
都熄灭了；白日在窗框上
扩展出一篇典型的
美国中部小镇的散文。
我的格律剔除了混乱无力。

阳光淹没阿肯色。
冷冷的日光。我必须
裹紧外套才能抵御寒冷，
否则关节炎的刺痛，那些随着年龄
增加的小箭头，就会来袭；
太阳，开始用它的精油
给山肩的松针按摩，
在我写出这些诗行之际，
头发掉在衣领上，白日更短，
岁月更晦暗，更多的仇恨，
更多的种族怒火。

十七

阳光因是琥珀色，略过
交通灯的红色和绿色，
还因从来没有遇见过我，
就掠过我，头都没点一下。
它漫步经过商铺，目光
探进汽车打折促销的招牌，
被那里一辆安详旋转的“萨博”①
所鄙视。在印第安精酿店，
再次给“南国哥特”的标记
镀了金，沿着其中一条小路

① 萨博（Saab），瑞典豪华汽车品牌，以安全著称。

往上触摸树叶，像松鼠
把阴影储备起来。它的矛柄
好像天使的激光，穿过
松林所守护的每一块
联盟军公墓的石碑，
刺着死者的痛处。

十八

也许，在与此相同的松林里，
在流血不止的荆棘枕木的
支撑下，“地下铁路”[①] 的轨道
一直往上，通往加拿大，
而连接阿巴拉契亚人的
是脚镣的声音，叮铃叮铃
一路向北，那里，
历史更难承受：虚伪之云
有了清教徒的衣领。
对印第安人的战争留下
创伤，切入湖边野餐桌的
软木板，桦树脱皮
如独木舟，枫叶翻滚
如黑森林雇佣兵[②]；

---

① 19世纪在美国废奴主义者支持下建立的秘密联络网，帮助黑人奴隶逃亡。
② 黑森林雇佣兵（Hessians），美国独立战争期间为英国服务的雇佣兵，大都来自德国黑森州。

山体沸腾山茱萸的泡沫，教堂的
箭头射入肖马特[1]的天空。

十九

哦松林之湖，平静无波，
鹿只怯怯的口鼻在水中泛起的
圆圈，把民族国家的概念
扩大到日历的揆测之外！
这个衰败中的民主政体
是否记得它在小木屋中构建的
梦想，就像一个年过五十的
男子想象一条山中的溪流？
松树在配额内挤作一团，
被湖水平静的水线
横切，好像一支墨水笔
划过那么平直。
我的影子在街道边缘
草草拟成一个问题，
即，我会成为国家的公民，
还是事后的添头？

① 肖马特（Shawmut），今天的波士顿一带就是印第安人所说的肖马特。

二十

我能否举起手掌，放在
心口歌唱，凝视旗杆上
那面炫耀北方联邦的草稿旗，
上面的十三颗星，打了叉，
但被披挂白布的猎人的鬼魂
高高举起，骑着马冲向
南方联盟军的火白十字旗？
我是否能立誓把我的艺术
也和他们分享，或更糟，
假装一切都已过去，为我的
诗拉一道警戒线，躲在安全的
大后方诅咒种族隔离的概念？
影子朝向意志表示顺从，
就像我们的效忠誓言顺从于
国家。我们对恶的理解是，
它永远不会消亡。

二十一

原罪是我们的种子，
橡籽发育，长出橡树；
即使有这个民主政体的管制，
非洲阴影之伞仍旧在一条南方的
街道萌芽，仍把须发灰白的

黑人男子置于屈辱之境，
眼睛发红如燧发枪。在警察的单眼皮
目光下，我们已经共享了
银行存折的公开密码，
过路人没说出口的除外，
非自愿的姿态，一些标志，
过分礼貌的评论
把一个想法变成内脏里的
酸液，在这里，我感觉
这种毒液传染了山坡上的松树，
并一直往上，毒化到山顶。

二十二

先生，你敦促我们摆脱
所有世俗的东西，
比如这些樟脑木柜子，
里头假松木材质的棺材盒子；
清空胸膛的抽屉，
超脱创伤，一道十字架
从其上俯视一切，
当阳光淹没铺了沥青的
停车场时，如同人事纷繁的塔[①]，

---

① 指的是伦敦塔，罗利爵士（Sir Walter Raleigh，1552—1618）是伊丽莎白女王的宠臣，几度被囚禁于伦敦塔，后被斩首。

罗利在那里刷他的衬衫，
而维庸[1]和他的兄弟们
瑟缩于静止的绞绳之影下。
有很多东西我的艺术
无法影响，其一便是权利；
虽然只有老年才赢得
对一个抽象词语的权利。

二十三

这，便是我的办公室，先生，
我的阿肯色证言，
我的满满两大杯的懦弱，
我确定无疑的、未剃须的救赎，
我的人民的困境。
愿这狂喜，随着卡车轮胎
碾压沥青而不断增加，
这些我无法去除的心中的污斑，
都是我自己造成的。
中午，某个阔背女服务员，
也许有一半印第安血统，
将会清理这张麦色双人床，
下午的阳光将会把一面旗子的

① 维庸（François Villon，1431—1474），法国诗人，据说因偷盗抢劫被处绞刑，作品包括《大遗言集》《小遗言集》等。

横条印上来——飘扬在汽车
旅馆、教堂尖顶以及周边的旗——
那面布必须愈合星条和伤疤。

二十四[1]

我打开电视盒子。
一道光，半点噪音都没有，
以连续的琥珀色定格照，
搅动了来自拿勒甘赛特[2]的
电波，被小麦分割的城镇之岛。
我看到摩门教徒的马车轴
扩散为金色条块的爆炸，
他们紧蹙眉毛，弯腰弓背
奔赴锡安[3]，宽阔的牛路
腾起烟尘，被地鼠吸入鼻孔；
然后是一个宣讲者沙哑的
嗓音，怀念永久的黑山[4]——
那光祝福莫哈韦人[5]喜乐，

---

① 本诗前23节都是16行，本节是17行。
② 拿勒甘赛特（Narragansett），印第安人的部落，源自今罗德岛一带，离波士顿不远。从这句话可知，作者已经从阿肯色回到了自己任教的地方波士顿。
③ 锡安（Zion），如果理解为具体地点，指的应该是美国犹他州或阿肯色州的锡安；也可以抽象理解为圣地、天国。
④ 黑山（Black Hills），在美国南达科他州和怀俄明州交界处，是印第安人的圣山。
⑤ 莫哈韦人（Mojave），生活在莫哈韦沙漠上的印第安人，在今天的科罗拉多河流域。

熄灭了拉斯维加斯的
霓虹玫瑰，它的矛柄依次
切换为红杉树巨大的风琴管，
太平洋，今日消息。

后 记

德里克·沃尔科特（1930—2017），诗人、戏剧家，出身于加勒比海岛国圣卢西亚，1992 年获得诺贝尔文学奖。沃尔科特的祖父、父亲是英国人，母亲是圣卢西亚“本地”的黑人，这在人种混杂的加勒比海地区并非鲜见，但却决定性地影响了沃尔科特的写作。沃尔科特有一行诗说，“我体内有荷兰人、黑人和英国人的血”。身份意识纠缠了沃尔科特的一生，既是令他惶惑不安的焦虑之源，又起到了定其心、静其气的柱石的作用。沃尔科特明确宣示这种分裂的身份，并不是因为简单的政治原因，而是因为它构成了沃尔科特全部诗学的核心。对分裂的确认给了他足够的力量，使他打破了处于后殖民境况下被侮辱、被损害的人们引以为耻，对出身竭力否定或掩饰，为融入“主流社会”而折腰的精神枷锁。作为诗人，沃尔科特更是从中获得了一个最佳的自省位置。

这种分裂对普通人可能造成精神和现实的双重困扰，却被沃尔科特拓展为广阔的文化空间。血统和文化的混杂对他既不是债务，也不是原罪，而是一笔很多人视而不见、弃之如敝履的巨大财富。身份意识的分裂可以让一个人处于两边都不在场的困境，也可以让一个人获得两边同时在场的游刃有余，虽然很多时候，这种游刃有余绝不像看上去那么轻松。命运在沃尔科特身上，就像在所有伟大的作家身上那样，兑现了其苦难的诺言，在一出有关“运”的喜剧转变中，“命”的苦其心志，理所当然地酿出了

“幸”的蜜甜。逼仄的困境被沃尔科特拓展为一个广阔的世界。这种身份意识成就了沃尔科特，也成就了沃尔科特的写作，好像火花四溅、噼里啪啦的涡轮机，推动着他的写作生涯，乘着惰性的气体，从两边全是橡胶林的简陋跑道上起飞。

出版于 1987 年的《阿肯色证言》，沃尔科特的第八本诗集，就是这种身份意识的进一步的发展。接近六十岁的沃尔科特在《阿肯色证言》中，不光在其一贯的主题上有了认识上的深化，而且作为对此的体认，在形式上表现出更有自觉意识、更有意味的结构安排。全书分为两个部分，第一部分的“此处”，包括 17 首诗，背景是“原始的”加勒比海本地生活；第二部分的“别处”，包括 22 首诗，背景则是遥远的西方“文明世界”。虽然有时候，“此处”和“别处”交相指涉，难分彼此。对一个在悖论的废墟上构建出的地方性来说，此处可以是别处，别处也可以是此处，生活不在此处，也不在别处，而是在两者的张力之间。

我们可以看到，在“此处”炽热的沙滩，他躺在躺椅上怀念的却是风雪中的茨维塔耶娃；在加勒比暴风雨后的沙滩上，他想到的却是哈代阴郁的威塞克斯小说。而在“别处”，在美国的阿肯色州一家廉价汽车旅馆里，他却想到家乡的海岸，甚至“踏着小碎步的蟑螂”也被他比喻为倒腾着船桨。这种二分结构法，看似机械，其实体现了作者对自己写作的清醒把握。两种文化并非混沌不清地统一在沃尔科特身上，而是被他用确定的形式清晰化、准确化了，好像一片橡叶那绝不紊乱的丝丝脉络。这样的诗学追求有一种古希腊式的理性。沃尔科特很明智，他并没有把两者强捏在一起，而是搭建了一个认识的框架，让两者同构于一座柱廊林立的大理石神殿中。虽然你中有我，我中有你，但源流清晰，绝不混淆，兼具从容的美感和力度。从这个意义上说，《阿肯色证言》从结构上明确了沃尔科特的诗学。

沃尔科特从20世纪80年代起在美国波士顿大学任教，半年在“此处”的圣卢西亚，半年在“别处”的美国和欧洲。对一个深刻认识到自己的身份矛盾，并寻求解决之道的作家来说，这种来来回回的既不在此亦不在彼、既在此又在彼的后殖民式“模糊”，与其说加深了这种矛盾，不如说给了他对每种身份一种同等的切近的机会。

沃尔科特在访谈中说，对一个诚实的诗人来说，“方圆二十里就是他的写作的界限”。沃尔科特的“二十里”界限被卷着褶皱花边的海浪包围，也被纽约、波士顿的文化氛围的海浪扩散。地理的鸿沟有待喷气机跨越，文化的鸿沟则有待诗人的意识，最终，一切都将流注于他的笔下。他并没有像很多人那样，站在一边，做出拒斥另一边的姿态，内心里却暗暗羡慕被拒斥的那一边。这种浮泛在后殖民社会表面的具有自我表演性的文化意识，正是沃尔科特这样最为敏感的作家主动介入反思的切口，是他绝不会堕入的陷阱。

就是在这种位置上，他的身份意识上的分裂成了他作为诗人的源动力，因为分裂并不意味着一无所有，或者对两方的继承都天生地逊色一筹，而是让他在对两方都有了充足的理解的基础上，找到了自己，厘定了自己的位置：也就是那个既是实指亦是象征的“二十里”的界限。站在一个夹缝中需要勇气，需要面对来自两方的明枪暗箭。沃尔科特从不掩饰自己的位置，这本《阿肯色证言》的结构安排就是又一个证明。沃尔科特的写作生涯就在这种双重的矛盾中不断深入、不断演化。他在这个分裂中找到了自己生活上以及诗学上的“二十里”界限，牢牢地抵住激流的冲击，掷起高耸的语言的浪花。沃尔科特写作的丰富性和广阔性和他的这个“二十里”界限是因果关系。唯其在此，始能在彼，反之亦然。

在本书出版的前一年，也就是1986年，沃尔科特刚刚出版了五百页之巨的《诗选1948—1984》。他在这本总结性的《诗选》编订完毕、出版在即的一篇访谈中说：“你知道，你已经来到生命的某个阶段。你也明白你在某种程度上失败了，没有完全实现你的想象和野心。这是一个非常困难的时期。我完完全全吓坏了。”沃尔科特补充道：“我手头确实有一本书差不多好了，希望它能弥补《诗选》的缺陷，对《诗选》来说它会是一个救赎。”

这本救赎之书应该就是《阿肯色证言》。虽然从这些话中，即使最天真的读者，也不会得出《诗选》所选的早期诗是失败之作的结论，但是作者自己的焦虑感，力求在创作上获得新突破的愿望是确定无疑的。在访谈中，沃尔科特透露了当时的努力方向：

“在我现今的工作和生活阶段，我把自己看做木匠，做的是木框，既简单又美好。我大量采用四行体……这其中有一种非比寻常的平实……我在试着从最大程度上去掉神秘。我想要写的是非常直接、简约、上口的押韵的四行体……别的都是装饰……手艺的仪式感就好像木匠放平了刨子，测量他的诗节，直截了当。在这期间，木框变得比木匠更重要了。”

这个把艺术和木匠、刨子联系起来的比喻，在本书的第二首诗《科德赛峡谷》中得到了几乎完全的重复，两者的相关性自不待言。四行体短诗在本书中大量应用，都区别于他既有的风格。可以明确地说，《阿肯色证言》一书，是沃尔科特在诗艺上的新尝试。事实上，本书最突出的三首诗《世界之光》《致奥登的悼词》《阿肯色证言》都分别在对既有风格的继承上，有了新的变化。

被广泛称赏的《世界之光》是一首迷你史诗，和本书的很多诗一样，在主题上预示了三年后的八千多行的史诗《奥麦罗斯》，这些主题也是沃尔科特一生所焦虑的问题意识的集中体现。很明显，作者对自己的局外人意识有一种负罪感和亏欠感，因为他可以随时飞出海平面之外，而诗中的老妇，却局促于一座小岛，害怕“被抛弃”。对沃尔科特来说，“被抛弃”反而是主动求来的现实，他们两个在不同的层面有着相同的焦虑。但沃尔科特的这种亏欠感并没有停留在有廉价之嫌的同情上，几乎全因为最后一句：

他们什么都不需要，我什么都给不了他们，
除了这个我称作“世界之光”的东西。

蕴含在这句话中的是一种生活态度上的和解，也是一种诗艺的平衡感，凭借这样的理解，沃尔科特的双脚牢牢站在了自己所创造的诗学大地之上。在那一刻，加勒比海地区对他的指责，如果可以有的话，都失于包容；西方对他的轻视，如果必须在意的话，都显得偏狭，全都在沃尔科特横跨两方的见多识广（metropolitanism）映衬之下，相形失色。

这种见多识广是一种歌德式的世界意识，或者说，包含了一种惠特曼式的宏阔宇宙观，虽然他的出发点是一个微不足道的“此处”，一个被视为文化的史前时代的地方。沃尔科特多次谈到，在加勒比，拿起斧头，就可以成为“亚当”。因为一切都未说出，一切都在等待被说出；一切都未发明，一切都在等待被发明。在外人看来一无所有的绝对贫瘠之地，对沃尔科特来说，却是一个有待挖掘的富矿，因为所有的行为，所有的言说，都有着“创世纪”的意味。沃尔科特诗学风格的汪洋恣肆也是这种“创世纪”意识的表现，因为他可以为所欲为，放眼望去，海平面上根本没有任何文化的限制。几乎是在电光石火之间，文明的枷锁消失了。但是，顿悟之中的“创世纪”也注定了“失乐园”的危险。

《世界之光》这首诗，已经来到这个“创世纪”的下一阶段，代表了“创世”后的“失去”和“创伤”。因为“叙述者”已经被西方视角的禁果所污染，产生了分辨意识，因此只能从外部关照他的乐园，亦即从“彼”到“此”，虽然满怀乡愁，却永远无法再回去，他唯一能够诉诸的着力点就是“世界之光”这个词语。从这个涵煦而澄澈的词出发，弥合“此处”与“别处”的界限，以“此”楔入西方中心话语的“彼”，让“此处”的经验获得同等的支撑性。这样的认识并非轻而易举，完全来自一个诗人必须具备的自省。“创世”和“失去”，这两个精神状态的对立面，在西方话语中有一个漫长的线性发展的过程，但却在沃尔科特的祭司一般的顿悟中，电光石火般发展成为一种共时的存在，而这个过程，不可避免地充满了更大的悖论，更大的痛苦和暴烈。

一方面，沃尔科特拥有一切；另一方面，这种全部的占有却是因为失去。只有通过失去的创伤的考验，才能通往“天真”；只有在“天真”的观照下，创伤才能得到抚慰。用艾略特的话语来说就是，过去时间与未来时间，都处于现在时间。而诗，正好处于这个时间桥梁的中心位置。这就是沃尔科特诗学的政治，是他的立身之本。从这一点来说，沃尔科特的诗学是一朵在后殖民、后结构等各种后学的土壤上开出的中心主义和本质主义的花朵，而且毫不犹豫地摇曳于动荡不安之中，宣示存在。值得注意的是，沃尔科特并没有本质化地方性，也不为“此处”找借口，这和他对“别处”的态度一致，甚至对前者更为警惕，因为这是很多人在破除中心主义之后很容易陷入的一种逆反之境。但是，对权利的消解，不能把“此处”作为连带损害一并消解，否则，就是助长了中心主义的双重作恶。也许《世界之光》的美学政治就在于此吧。

《致奥登的悼词》的写作灵感很明显来自奥登本人的哀歌《致叶芝》，句子的干净简洁、一锤定音，风格几乎不像是出自沃尔科特，那种自如、成熟，一下子让他跻身写出《墓园哀歌》的格雷、写出《怀念罗伯特·格里高利少校》的叶芝、写出《致叶芝》的奥登、写出《悼奥登》的布罗茨基、写出《仿奥登》的希尼这些大师之列，在纪念与被纪念的链条中，充当了承前启后、生生不息的一环。本书中很多诗的手法，所关注的主题都可以在两三年后出版的集大成的《奥麦罗斯》中找到影子，但是这首《致奥登的悼词》却是独此一份，沃尔科特以最奥登的方式纪念了奥登，以最布罗茨基的方式纪念了友谊，这让我对沃尔科特诗歌声音的广泛度大为吃惊并充满了敬意。

同题诗《阿肯色证言》是本书的压轴诗，也是译者个人最偏爱、最推重的诗，全诗有 24 节，前 23 节都是 16 行（最后一节是 17 行，有可能是有意的，也可能是编辑错误）。这首诗所涉主题大部分都在《奥麦罗斯》中得到了延续和发展，比如关于美国对印第安人的种族灭绝、对黑人的种族歧视问题，还有作者本人失败的婚姻，尤其是加勒比海小人物的命运，等等。但是这首组诗语气的独特性颇为引人注目，在沃尔科特的诗歌中的位置，和上述《致奥登的悼词》几乎一样，可以看到一点布罗茨基的影子。这种四音步、三音步交错的断然、干脆的质地，和荡漾在六音步绵延不绝的海浪之上的《奥麦罗斯》是完全不同的，因而我认为这是本书最值得关注的地方。作为《奥麦罗斯》的译者，我本来以为自己对沃尔科特的声音和他的诗歌能力已经有相当全面的把握了，这首诗让我对沃尔科特有了新的认识。作为写作者，从 20 世纪 90

年代初我在大学期间就对这种分节的、沉思性的诗体有着浓厚的兴趣，如今，从他笔下再次印证到这种语气和节奏，带给我一种分外的会于心的愉悦。

确实，如果不是那种会于心的愉悦，如果不是翻译中的学习机会，在当下这个时刻，很难静下心来，持续倾听来自远方的声音。沃尔科特的确促发了我很多经验上的印证和体悟，我也由衷希望这本书找到自己的读者，让大家都能有所收获！由于时间原因和自己的认识水平，舛误之处在所难免，敬希读者批评指正，以俟日后改正。

译者

2022 年 4 月

桂图登字：20-2022-188

图书在版编目（CIP）数据

阿肯色证言 /（圣卢西亚）德里克·沃尔科特著；杨铁军译 .—南宁：广西人民出版社，2022.8
（沃尔科特系列）
书名原文：The Arkansas Testament
ISBN 978-7-219-11385-1

Ⅰ. ①阿… Ⅱ. ①德… ②杨… Ⅲ. ①诗集—圣卢西亚—现代 Ⅳ. ①I766.25

中国版本图书馆 CIP 数据核字（2022）第 078487 号

阿肯色证言
AKENSE ZHENGYAN
［圣卢西亚］德里克·沃尔科特 / 著 杨铁军 / 译

出 版 人 韦鸿学
策　　划 白竹林
执行策划 吴小龙
责任编辑 许晓琰
责任校对 周月华 文 慧
书籍设计 刘 凛
责任排版 李宗娟

封面作品 格兰维尔·雷德蒙德《羽扇豆》局部（1913）

出版发行 广西人民出版社
社　　址 广西南宁市桂春路 6 号
邮　　编 530021
印　　刷 恒美印务（广州）有限公司
开　　本 889mm × 1194mm 1 / 32
印　　张 5.75
字　　数 133 千字
版　　次 2022 年 8 月 第 1 版
印　　次 2022 年 8 月 第 1 次印刷
书　　号 ISBN 978-7-219-11385-1
定　　价 53. 80 元